U0458275

ALLE
ZEIT
DER
WELT

万物
有
时

Thomas Girst

[德]
托马斯·哲斯特
◎ 著

寇潇月
◎ 译

上海三联书店

目录

致
读
者

　　坦白来说，我本来只是想给自己找一点安全感。在这个世界，丑陋被传播得愈加迅速，美好则因此显得愈发珍贵，在这样的世界，我想找一点安全感。在这个时代，我为自己的两个儿子和一个女儿的未来忧心忡忡，比起大多无比幸运的上一代人，他们以后的生活是不是会糟糕许多？在这样的时代，我想找一点安全感。当民族主义、沙文主义、仇外情绪以及民粹主义瓦解着社会，人类身处其荼毒之中，还能否在战争、毁坏、怒火、恶语相向、资源浪费、环境污染以外，创造出些许惊艳？地球上，只有我们这种生物，能够超越边境、超越代际，甚至是跨越几千年，创造出宏伟壮丽，而我们存在的意义不就在于此吗？在于诗歌、艺术、知识，在于我们民主社会的伟大自由，在于可持续的经济发展。当然，还有宗教，何尝不能包括宗教呢？只要这种宗教不是非它不可。又何尝不能包括政治？但它应该是仔细考量后的权衡利弊，是由人民为人民做出合理决策，而非时时刻刻扯着嗓门，急于把自己放在一切的中心。

静下心，远离喧嚣，在万籁俱寂之时，专心一志，脱离每日耗费精力的慌乱焦躁，唯有此刻，才最能见识到人类的美好，所有我们力所能及的美好。人人都知道，好事多磨。可我们的行为和话语，却惯常仿佛是在被追着跑。"稍微打扰一下。""有时间来一下吗？"在工作场合，甚或在家庭中，有多少句话会提到"就一会儿"？此时，不适感便油然而生。我们觉得烦躁，因为从未真正存在于某个地方，从未真正获得过什么东西。我们觉得不舒服，因为做什么都在三心二意，没有竭尽全力，没有全身心地投入——诚挚地投入。

"我们社会中的一切都是为了短效的即刻幸福而存在。浓缩咖啡、糖分、Facebook 上的点赞、黄片、毒品、酒精——它们的目的都在于使人获得瞬间的愉悦。但是，掌管真实的满足感（或者说幸福感）的荷尔蒙，却并不会被它们刺激，反而会被抑制。即刻满足是在阻碍我们获得更深层次的幸福。你越是偏爱其中一种，就越难体会到另一种。"在我自己思考书写着缓慢，记述耗时漫长的事物的过程中，维吉妮·德庞特的这些文字似乎在我身上得到了印证。确实，注意力集中时间太短不是获得深层幸福的基础。雪上加霜的还有硅谷的那些公司，它们这几年来掌控了我们的日常生活，其大部分的商业模式，是依赖于刻意地持续转移我们的注意力。它们不需要深度的思考、理智、闲情逸致或者精神集中——这些本应该是我们人类与生俱来的能力，现在却越来越难动用。

在 Snapchat、WhatsApp、Instagram、Facebook 这些社交软件上，我们快速切换着和好友、"朋友"、熟人、陌生人之间的对话，而留给真正的交流的时间，却越来越少。早在 2003 年，就有过一个名为"第二人生"（Second Life）的网络虚拟平台向公众开放过。在这个三维的虚拟世界中，人们实时地走街串巷，用虚拟形象和其他上百万用户连线。很多国家甚至在"第二人生"开设了虚拟领事馆。如今，屏幕前的"第二人生"似乎反倒成了我们的第一人生。即便如此，我们依旧渴望现实世界中的亲密与关注。人们越是容易在虚拟世界中异化自己，这种渴望便越是强烈。面对这种现象，社会学家哈特穆特·罗萨提出了他的核心观点"共鸣"。他认为最重要的，是那些将我们"与世界活生生地联系起来"的东西。只有不再受困于虚荣的网络回声室，不得不向彼此呈现自己的完美；只有不再贪求肤浅的功利，日复一日去维持自己的等级地位——只有远离了这种负担，才能找到时间与空间，去纯粹地探究我们的周遭，探究我们自身。有了这样的时间，我们才有希望从自身的行为中再次寻找到意义；这样的时间，其内在就不再是虚无。

我们必须自己学会放下。这个年代处处是缩写，但我要说不如多绕点远路；这个时代被算法主宰，我却更想要不期而遇。我指的不是单纯的巧合，而更像是英语中的"serendipity"，文化学者卡洛·金斯堡这样解释它："通过偶然与智慧得到的不期而遇的发现"。这也就是这本书的内容。世界不能总是只关注如何从 A 点最快到达

B点，或者像 Cookies、跟踪程序、应用软件那样，每时每刻都在屏幕上显示我们应该最感兴趣的资讯。我不是要呼吁"数字戒毒"（Digital Detox），教大家彻底戒掉数码产品。"慢节奏运动"（Slow Movement）大肆宣扬放慢生活速度，这样的教条并没有什么益处。宣扬新的标语，只会让我们开辟一处又一处非必要的新战场。缓慢本身绝不是目的。毕竟，如今不管在哪儿，我们只需动动鼠标，就可以立刻找到想要引用的文字，而不是花几个礼拜等图书馆借调书本，这也是一件幸事。另一方面，我们应该维护其他类似的美好，并且不厌其烦地指出信息与知识的区别。前者在这个信息技术的时代幸而能够每时每刻为我们所用，而后者则需要习得。

"所有值得一做的事情都需要花时间。"你即便不是鲍勃·迪伦的粉丝，也会完全赞同他这句话。只有写了一百首烂歌，才能出现一首佳作。"在此期间，你孤立无援，只能跟随属于自己的那颗星星。"如果一个人能进入自己内心深处的世界漫无目的地遨游，那他能看到怎样的风景哪！这种最极致的冒险，只需要沉静、时间和谦逊。此间经历，十六世纪的圣女大德兰曾为我们记述道，她对自我的发现越是广阔，她的描述便越是详细。是的，我们是独自一人，但我们绝不孤独。我们都是站在巨人的肩膀上面对所有需要漫长时光的事物。图书馆里要帮助我们的人成群结队，与我们并肩作战，书籍可以是我们一生的挚友。夏尔·波德莱尔曾说，通过纸上文字或者艺术作品，我们可以穿越百年甚至千年与其他人类产生联系，就仿佛暗夜之下，海岸边的灯塔点燃火光。

我恳求诸位读者，为本书中收集的故事花一点时间。我已努力抑制住自己急迫的倾诉欲，尽可能松弛地写作。若仍有不完善之处，还请大家谅解。我希望，能够给与文化史与科学领域中的伟大成就一点空间，不分学科种类，展示所有人类能够实现的东西，展示从根本上构筑了人类内核的东西，展示我们每一个人力所能及的东西。我讲述的是经历了漫长时光的事物，它们可以在这个急躁的时代，为每个人搭一座守护宁静的港湾。若是您在阅读中，能像我在写书时那样，感到获益颇丰，那我将感到无比荣幸。现在，"万物的时间"就在您手中。

邮差薛瓦勒

　　"一万天，九万三千个小时，三十三年的辛苦劳作。"费迪南·薛瓦勒（1836—1924）将这句话刻在外墙上，为理想宫（Palais Idéal）的建造画上了句号。1879年到1912年间，在法国东南部加洛尔河河畔的小村庄欧特里沃，费迪南在他蔬菜园的地界上，用石块、鹅卵石、贝壳建造了一座极其奇特的巨大建筑。这些建筑材料都是他在送信的路上收集来的。他每天要走三十多千米，穿过丘陵、山谷、田野，连结起相隔遥远的零散房屋与小村庄。他是贫苦农民的孩子。在漫长的路途中拾起第一块石头时，他四十三岁。这块石头如今就立在理想宫露台的一处小圣坛上，围绕露台有三座狭窄的旋转楼梯供游客攀登。正是这块石头，启发他建造了这座童话般的宫殿。薛瓦勒在遗留下的笔记中写道："石块如丝绒般光滑，流水在它身上下足了功夫。时光的磨砺又将它变得和鹅卵石一样坚硬。这块奇特的石头用人类的手是不可能模仿出来的。它包含了所有物种、所有形状。我对自己说，如果大自然可以创造出这样的雕塑，那我也可以去学砌墙、造建筑。"

薛瓦勒的理想宫足以容纳人们行走其间，它长三十米，宽十五米，最高处有十三米。城堡的外立面满满当当都是五花八门的各类装饰，包括几百个动物雕像、植物花果、神话生物、当代与历史伟人塑像、巨人雕像，以及其他数不清的有机形态雕饰——这些形象或是邮差梦见的，或是他在漫长的送信途中想到的。薛瓦勒对杂志和明信片中的图片同样着迷，而被他送到欧特里沃和附近小镇的正是这些信件。同样是在那段时期，摄影技术刚刚开始让偏远地区的人们也能见到奇妙的大千世界。作为民间艺术的丰碑，理想宫无人能比。建筑师借鉴了印度教寺庙、中世纪宫殿、一座清真寺、一块埃及墓碑，以及瑞士的阿尔卑斯山小木屋。哥特式的鬼怪面具跟章鱼和凤凰一起守卫一间壁龛，里头雕刻着小鹿和鹈鹕。一头骆驼和一头大象被放在一条长廊的入口，里面装饰着几百个纹饰，薛瓦勒自己的名言也被簇拥其中："为了实现我的想法，我的身体可以战胜一切——战胜天气，战胜批评，战胜时间。生命只在弹指之间，而我的思想则因这些岩石永生不灭。"有一间壁龛留给了他亲爱的自制的手推车，数十年来，他就是推着这辆木质小车走在路上，为城堡收集石头。

一个偶然的机会让年轻的法国诗人埃米勒·鲁·帕拉萨克在1904年注意到了薛瓦勒，并为他的建筑成就献上了一首诗，盛赞其为"理想的宫殿"。薛瓦勒原先给自己的宫殿起的名字，是"原始洞穴"。这事自然怪不得他。艾略特给他1922年面世的划时代诗篇《荒原》最开始起的名字是《他能用各种语调模仿警察》（*He Do the*

Police in Different Voices)。类似的还有海明威，他为二十年代在巴黎度过的浪荡生活所作的回忆录《流动的盛宴》，原先候选的书名有《咬指甲》《早时的眼睛和耳朵》，或者《你在时，一切都不同》。

薛瓦勒于 1924 年逝世，同年，《第一次超现实主义宣言》发表。毫不奇怪，邮差的宫殿迅速成为了这一运动中的艺术家和作家的朝圣地，他们正渴望发现一个属于梦与潜意识的世界。运动的发起人安德烈·布勒东在 1930 年来到了欧特里沃。随后，多萝西娅·坦宁和马克斯·恩斯特也来到这里，后者创作了一幅拼贴画《邮差薛瓦勒》（Le Facteur Cheval），如今收藏于古根海姆博物馆。巴勃罗·毕加索于 1937 年参观后，留下了一幅大型炭笔画并写道："我们的兄弟，邮差薛瓦勒，你没有死去，请你为我们建造石做的床，就像你在欧特里沃建造你的宫殿那样！"薛瓦勒逝世后十二年，大量宫殿的摄影作品于 1937 年出现在小阿尔弗雷德·H·巴尔在纽约现代艺术博物馆里程碑式的展览"奇幻艺术、达达与超现实主义"的展品目录中。越来越多的人前往欧特里沃参观。格特鲁德·斯坦称这座宫殿"美妙绝伦",是"奇幻之地"。在这之后的几十年,还有很多人——包括让·丁格利、妮基·桑法勒、苏珊·桑塔格——都感受到了和这位作家一样的激动之情。

1969年,时任法国文化部长的作家及探险家安德列·马尔罗煞费苦心,意欲将理想宫列入历史文物名单。建筑物每况愈下,挽救它的唯一可能是进行一次大规模的翻新修葺。马尔罗言辞热切,将薛瓦勒的作品称作无师自通的原生艺术(art brut)的典范,称其为原始且独一无二的建筑作品。然而,虽然他最终成功为理想宫争取到了建筑文物保护,在一开始他也不得不同本部门的反对声音作斗争,他们对城堡嗤之以鼻,说它"丑得要命",是"一个傻瓜想出来的一堆可悲的疯癫玩意儿"。

现在,理想宫自然变成了旅游景点,每年吸引超过十万游客来到欧特里沃这个常住居民不到两千人的小村庄。与此同时,费迪南·薛瓦勒曾经的蔬菜园被一幢幢二十世纪下半叶的丑陋楼房和一圈围墙包了起来,它引导游客前行,也防止没准备好掏钱参观的人瞥见什么。

前往景区的街道上充斥着劣质的小玩意儿，摊贩叫卖着从冰激凌到房产等各种你能想得到的东西——*Le palais d'immobilier*，*Le palais de glaces*，*Le palais du pedicure*，*Pizza idéal*，*Souveniers idéal*①。总有一天，这些小摊都会消失，而薛瓦勒的宫殿则仍将伫立于此。在参观过人类奇思妙想与坚韧毅力的丰碑后，最好还是把摊贩和旅游大巴都抛掷脑后吧。景区的主路紧挨着田野，穿过田野，不远处就是墓地。若非心存悼念，很少会有人误入其中。但正是在那里，薛瓦勒又辛劳了十来年。在宫殿完工后，他一直在那儿修建家族墓地，直到八十八岁与世长辞。如他所题，此处是为了"静谧和永恒的安宁"。之前他期望在宫殿中寻得最终的安息之所，但申请却被驳回。"消逝的不是时间，而是我们。"薛瓦勒选了这句格言，刻在墓碑的东面。在回欧特里沃的路上，也许在河畔沿着玉米地散步时，就能从泥土中捡到一块石头，就像邮差每天做的那样。它会躺在家里的书桌上，提醒你，一个人能够做到什么。

———————————

① 译注：法语，意为：宫殿地产、宫殿冰激凌、宫殿美甲、理想披萨、理想纪念品。(若无特别标注，本书脚注均为译注。)

时间胶囊

　　十九世纪八十年代初，一个星期天的早晨，年轻男子在巴黎的街道上闲逛时，在一家古董店里发现了一件家具。他惊叹于十七世纪的意大利工艺，和店主谈定价钱，请人将它运回了家。一天晚上，他在家具的后壁上摸到了一个秘密的夹层，打开一看，里面是一束绑着金线的金色秀发。年轻男子对这束发辫一见倾心，自此整日被它萦绕心头。居伊·德·莫泊桑的短篇《头发》（*La Chevelure*）是一篇精神病人的自述。经由他在精神病院里的主治医师，读者得以直接看到他的日记。万幸，和莫泊桑的主人公一样有恋尸癖的人应该很少，但无法否认，当我们能够亲手触碰到过往的时光时，一定会感受到自己对它的迷恋。寻宝的人、发现沉船的人明白这种感觉，在沙滩上捡到漂流瓶、看书时手中突然多了一张十几年前的便笺的人，同样懂得这种感觉。

时间胶囊——亦即将某些物品和文件有意存入一个等待很长时间才能打开的容器，这个概念出现在十八世纪末。说不定，也就是在差不多那个时候，莫泊桑小说中那位不知名的美人将她的秀发放入了秘密的夹层。自此，时间胶囊在全世界掀起了一股热潮。1939年，一只集装箱被埋入纽约一公园地下十五米深，预计6939年才能打开。而打开它的人，不管是谁，都会找到阿尔伯特·爱因斯坦的一封信，结尾写着："每一个思忖未来的人，都将不由得生活在忧惧与惊恐之中。"爱因斯坦在二战初期写下这句话的时候，美国教育学家桑韦尔·雅各布斯正在亚特兰大奥格尔索普大学建造"文明地窖"——那是一间密不透风的房间，里面摆满了日常物品，要到 8113 年才允许打开。可即便制定了种种规则，大部分时候，反而是意外让前人留下的事物在后世重现天日。1955 年，在拆除曼哈顿南部的普利策大厦时，人们发现了一只铜箱子，箱盖上写着日期 1889 年 10 月 10 日。其中最主要的东西是一只留声机蜡筒，上面刻录的是一段当时的人声录音。不到三分钟的录音里，新闻记者们描述了近年来从美国、加拿大到日本的自然灾害，闲聊了一会儿棒球。其中一人朗诵了埃德加·爱伦·坡的诗歌《乌鸦》（The Raven）的第一节，虽然略有小错，但情感充沛。另一个预言道，下一届世界博览会的主办城市应该是纽约而非芝加哥。不过在这之后不到一年，美国国会就决定了选择芝加哥。时间胶囊里头常常会有预言，看看这个案例就对它们的命中率大概有数了。前苏联在二十世纪六十年代末也封存了不计其数的小匣子，它们同样没有例外。存于其中的信件坚定地写道，半个世纪之后再被启封之时，它们一定身处于完全实现了共产主义的世界，宇航员一定早已被派去了火星。其中有一个时间胶囊，是 1967 年埋藏于新西伯利亚市的，它在五十年后的"十月革命"一百周年之际按时开启，里面的内容甚至在畅想，2017 年的人们已经在和外星文明进行文化和经济交流了。

为了避免留给后代的容器里塞的尽是硬币、信件、旧报纸、各种粗制滥造的物什和错误的预言，国际时间胶囊协会从 1990 年起，就开始设计世界通行的规范。1999 年，《纽约时报杂志》发表文章"怎样制作一只时间胶囊"，研究了这一问题的各个方面。他们在当时就已经提出了用数据存储设备保存信息的风险——到时候谁还能解码光盘呢？很难想象，我们给后代留下的知识，恐怕比上一辈留给我们的还少，特别是现在这个社会，所有信息好像都是动动鼠标就能得到。正是出于这个原因，连互联网的先驱都发出了"数字黑暗时代"的警告，因为将来有一天可能无法读取任何一种电子存储的信息数据。不过，有一个人则完全不用担心这些，他从 1974 年开始直到 1987 年逝世，在六百多个纸箱中保存了几十万份文件和物品，并标记了编号 TC 1 到 TC 610——TC 是英语 Time Capsule① 的缩写。这个人便是安迪·沃霍尔。修剪下来的指甲、剩饭、粉丝来信、克拉克·盖博的鞋子、用过的安全套、童书、皮带扣、自助照相亭拍的照片、黄片、垃圾邮件、糖纸、传单、信纸、手表。当然，还有金宝汤罐头。若是沃霍尔能知道，有匿名人士出价近三万美元，买下了在 2014 年打开他最后一箱未开封的时间胶囊的权利，这位波普艺术家一定会很高兴。毕竟，那句名言"赚钱的商业才是最棒的艺术"还是他说的。

相比沃霍尔的纸箱，1946 年贝都因牧羊人发现的陶罐里的东西，就保存得没有那么完好了。他们在死海西北岸古犹太沙漠的库姆兰洞穴中找到了这些密封的陶罐，里面保存着几百份不同的手稿，包括与《圣经》有关和非《圣经》的古代文献，大都出自耶稣诞生时期。而与圣经相关的现存最古老的文字源自公元前七世纪，我们之所以能够发现它们，也是得益于这些文字被刻在微小的银质卷轴上，到了 1979 年才作为陪葬品在耶路撒冷老

—————————

① 意为时间胶囊。

城西南部被发现。很多具有历史意义的墓穴都可以被看作是包裹着时间胶囊的时间胶囊——和俄罗斯套娃不无相似。图坦卡蒙的墓室，或者印度尼西亚托拉查族的祖先崇拜，都蕴含着理解我们某一特定时期文明的关键。而圣经文献得以留存，又要感谢犹太法典《塔木德》中的一条关于葬书仪式的法条，它在两千多年前就规定了圣经典籍必须加以保护。1960年之后，库姆兰出土的死海卷轴收藏于耶路撒冷以色列博物馆的"圣书之龛"，一座由建筑师弗里德里希·基斯勒和阿芒德·巴托斯以精湛技艺设计的美轮美奂的建筑物。那么它是否能像沙漠洞穴里的陶罐那样，再保护这些手稿几千年？这个问题就和所有对未来的预言一样，难以确定——尤其是处在我们今天这个动荡不安的世界。

约翰·凯奇
在哈尔伯施塔特

倘若在一清早从柏林乘火车去哈尔伯施塔特市，那就要在主火车站坐上开往诺德代希码头的城际列车，途径波茨坦、布兰登堡，在马格德堡下车，然后转乘HEX——哈尔茨易北河特快列车。车厢里的宣传单印着乘务人员的笑脸，上面写着"超低价"引诱你购买 1.5 欧元一根的 BiFi 猪肉香肠零食和 1 欧元一包的哈瑞宝小熊软糖，而且都可以"直接送到座位"。如同之前从柏林到马格德堡一样，列车平静地掠过多登道夫和奥舍斯莱本。草地和田野间零星点缀着一座座狩猎塔，它们意味着那里有野兽，就如同站台意味着有火车，天上的轨迹云意味着有飞机，郊外的风力发电机意味着有风。"下车请小心脚步。列车将于哈尔伯施塔特市拆分行驶。"从主火车站到老城大概需步行三千米，一路上甚是荒凉，各种广告牌争相求取人们的注意——快看看这里的香肠厂，或者"美食独奏"快餐店，店内不仅提供巴基斯坦及印度菜，也有"土耳其卷饼—披萨—意大利面—沙拉"。在名为"法院后街"的小巷里，一条所谓的"浪漫风情街"跃然眼前，首先迎面而来的是街道两边房屋墙上的巨幅广告。左边是碧特博格啤酒和哈尔茨保龄球（"14根球道，配置计分板，内有空调"），右边是哈尔伯施塔特市住房公司的广告牌，画面中的姑娘一脸幸福地从沙发跳到半空。哈尔伯施塔特市并无野心成为世界的大门，只希望成为"哈尔茨山区的大门"。这座以木桁架建筑为主的城市经历过战火摧残与重建，如今又陷于财务危机。终于，出现了一块路牌指向四面八方——老城往这儿，大教堂广场和博物馆往那儿，这是游客中心方向，那是

万物有时

厕所方向，还有带着感叹号用德英双语写的"世界上最慢的乐曲，需演奏639年！圣布尔赫德教堂约翰·凯奇管风琴艺术项目"。

　　和大都市一样，萨克森-安哈尔特州的小县城偶尔也会出现片刻绝对的寂静，很偶尔，但是可以立即觉察到。忽然之间，街道上没有一丝声响，没有喇叭的声音，没有工地的声音，没有榔头敲击，没有人喊叫，没有盘旋的直升机，没有虫鸣，没有鸟语，没有飞机的引擎轰鸣。这和几点钟完全无关，一切顶多持续几秒。事实上，这样的瞬间在此时就出现了——就在马上要踏上小桥，穿过霍尔特默河之前。这条细小的支流将汇入老城北面的博德河，岸边郁郁葱葱的树下，一条鹅卵石铺就的小径"诗人路"蜿蜒在静谧的河水边。而当你步入圣布尔赫德修道院老旧的大门，绝对的寂静便早已不再。还离得很远时，就已经可以听到些端倪。在一棵高大古老的栗子树旁，当地垃圾处理站的卡车在内院鼓捣着一人高的垃圾桶，液压机抬升，倾倒。另一个方向响起了圆锯的嗡鸣，隔壁则有个石匠在敲敲打打。到来的访客需要按响侧宅的门铃，铃声在外面听来很轻，还不及之后大门开启时电磁锁发出的声音响。"请进。"约翰·凯奇基金会的安格利卡·韦格纳说道，来客随即欣喜地跟着她走过一小段路，来到小教堂。安格利卡用一把巨大的钥匙打开了古老的木门。教堂在十九世纪初世俗化之后，曾被用作野战医院、库房、啤酒厂、谷仓、猪圈、烧酒厂。而现在，如果不出意外，它在接下来的六百年都将是一部音乐作品的故乡与朝圣地。作曲家约翰·凯奇是美国无政府先锋派作曲家、艺术家。2001 年，他的管风琴作品《管风琴曲 2/越慢越好》（或称 As SLow aS Possible①）在这所曾经的熙笃会修道院里、在圣布尔赫德教堂浪漫主义风格的残旧砖墙之中，开始了演奏。作品于 1987 年为管风琴所作，音符原则上随机排列，在哈尔伯施塔特市的演出时长达到六百三十九年。凯奇对 ASLSP 的演奏要求和曲名一致，就是"越慢越好"。自 2001 年起，只要走进教堂中厅，就会立刻被无处不在的、持续鸣响的和

① 英语，意为越慢越好。

弦震颤与振动所包裹。管风琴是为 ASLSP 特制的，键盘上方挂着小沙袋，保持阀门开启，同时一台空气压缩装置无声地为音管抽取空气。其实，凯奇的 ASLSP 无需独自肩负起音乐的遥远未来。早在 1999 年底，乐曲《长久播放》(Longplayer) 就已经开始奏响了。它有一千年那么长，编曲以电脑生成的算法以及西藏乐器磬为基础，作曲家是英国的杰姆·费纳尔。这首乐曲要到 2999 年末才会开始完整地重复一遍。全世界各地都有它的现场演出，也可以在网络直播和手机应用上收听。

在哈尔伯施塔特市约翰·凯奇基金会的官网上，也可以播放大概一分钟目前正在演奏的声音，一个由五个音符组成的和弦[1]。此外基金会还提供一个别出心裁的礼物选项："为自己预订 2000 年到 2640 年之间的一个演奏年份吧！1200 欧起，即可自选文字定制金属牌，在圣布尔赫德教堂中展示。"已经有许多来自世界各地的人这么做了——就如同在罗马新教公墓边上，几百年来，猫咪

---

[1] 原书成书于 2019 年 3 月，2020 年 9 月 5 号开始变成了七个音符的和弦。

都会聚集在切斯提亚金字塔的周围，在塔下的阴凉中寻觅无人打搅的宁静与栖身之所——教堂里已经有数量相当可观的题字板沿着内墙挂在了管风琴四周，钉在与视线齐平的铁架上。

《人猿星球》的台词，登月四百周年，鲍勃·迪伦的歌词，吉姆·莫里森，理查德·瓦格纳歌剧唱词选段——这里什么都有。2149 年是歌德第四百个诞辰，定制金属题字板的瓦尔特·席费尔为此引用了《西东合集》中的诗句："若谁回答不出/过往三千年何如/他定困于蒙昧暗处/日复一日荒度。"2185 年，施梅托一家七口庆祝约翰·塞巴斯蒂安·巴赫的五百周年诞辰。一年后，人们在 2186 年纪念"1986 年切尔诺贝利发生核灾难"。2376 年轮到卡尔·瓦伦丁的这句"未来也曾更美好！"脱颖而出，2575 年有人纪念"爱情六百周年"，2583 年则是医生兼植物学家约翰·塔尔逝世一千周年。在 2638 年的牌子上，吉塞拉·施米茨、海因里希·马斯和其他十二个在 2013 年参加自我认知研讨课的学员刻下了这句格言："在这里感知自己——行走，站立，静止，呼吸，倾听，看见，感受……"2640 年是演奏的最后一年，玛吉特和保罗在去年颇为单纯地定制了雕刻网址 www. as-slow-as-possile. de，为自己留下了永恒的一笔。

下一次转换和弦将是 2020 年 9 月，与上次时隔七年。琴声充斥了教堂的整个空间，难以判断声源到底在何处，若是闭上眼睛或是只看向一处，沉浸其中，一种仿佛脱离了一切的失重感便油然而生。声音推开了通往永恒的大门。它不会停止，即使在晚上给管风琴罩上有机玻璃罩子，它也不会停。附近的住户曾经抱怨，以为是有人靠在汽车喇叭上睡着了。但当你长时间聆听凯奇的音乐，你便放弃了所有联想。不管是鹦鹉螺号上的尼摩船长和他的水下管风琴，还是剧院的魅影猛击琴键，再被他深爱的歌女克莉丝汀·戴伊扯下面具。最终，思绪不可避免地落到由 H. G. 威尔斯的小说翻拍的电影《时间机器》上，想到 802701 年食人族莫洛克人催眠埃洛伊人进入地下洞穴时用的防空警报。总之，到了那时，凯奇的管风琴已经停止演奏八十万年了。"我打赌，这首曲子没放完世界就要终结了！"不同于 H. G. 威尔斯的预言，在视频网站 YouTube 上展现凯奇管风琴上一次转换和弦的视频下面，理查德·克利福德留下了这句评论。理查德，希望他明白，就目前来看，世界在可见的未来是不会终结的，终结的只会是人类在世界上的时间。在归途上，视线落回到修道院的墙壁。砖石叠着砖石，它伫立于此，比起 ASLSP 在永久沉寂前需要的六百三十九年，它已经还多站了两百多年。数小时后，坐在 HEX 列车上返回柏林主火车站时，内心自会由衷祝愿演出"一帆风顺"，这不仅是为了凯奇，更是为了人类，当然尤其是为了自己。

注
意
力
经
济

　　史蒂夫·乔布斯 2005 年的斯坦福毕业典礼演讲在网上有几千万的点击量。他当时讲述了自己在就读里德学院仅仅六个月后就开始休学，但他仍在美国西海岸波特兰的这片校园中又待了一年半。因为没有注册，他纯属偶然地去上了一门教西文书法艺术的课程。虽然衬线和字体的学问令他痴迷，但他也并不知道该靠它做点什么，或者该怎样实际应用这些新学来的知识。直到十年之后时机才出现。当乔布斯在八十年代初设计第一台麦金塔

注意力经济   27

电脑时，他对于设计和字体学的了解就派上了用场。自此，苹果所有产品的设计和美学都成为了这家科技公司巨大成就不可分割的一部分。2018 年 8 月，苹果成为首家市值超过一万亿美元的公司。

史蒂夫·乔布斯 2005 年表达的关于在里德学院求学的观点，正好与欧文·潘诺夫斯基五十年前的表述不谋而合。这位逃往美国躲避纳粹的艺术史学家在 1955 年出版了又一权威著作《视觉艺术的含义》。在该书的后记中，他写道，点燃我们内心的火焰的，往往不是某门课程的必读书目，反而是"鹿特丹的伊拉斯谟或者斯宾塞，或者但丁写的一句话，又或者是某位十四世纪不知名作者写的神话故事"——或者也可以是书法课。"偏偏在我们无惧失去也无心寻觅的地方，我们才会找到些什么。"潘诺夫斯基写道。

然而，这位普林斯顿大学的教授并非是在为社交媒体的注意力经济叫好，而是提出了在远离当今仿佛仓鼠跑轮一般的工作日常、不再被无间隙地剥夺注意力后，专注和内省的可能性。虽然，每位同事在打断你之前，都会出于礼节以"稍微打扰一下"开头，或者表明只是有一个"小问题"，但这些询问的频率已经使人几乎无法再集中精神。"你有两分钟吗？"工作场合已经和网络世界相类似，线下的不间断的打扰已经可以和线上不间断的打扰相提并论，两者都在愈演愈烈。因为社交媒体、Skype、短信、邮件、WhatsApp和其他的即时通信服务，电话会议、线下会议、手机通话、快递、工作午餐会，以及间隔时间越来越短的日程安排，都似乎要确保我们能够全天二十四小时在全世界各地待命。电传打字机、电报、传真早就被效率更高、更快的技术取代了。如果说以前只有奴隶才会跑步，那么现在——根据一份2016年职业健康保险基金的调查——德国每十位雇员中就有九人有被催促的感受，并在工作场所觉得有压力，此外还有不少人感到工作没有意义，在一天结束后没有成就感，觉得什么也没做成。这还是因为他们缺失了完全不被干扰的时间。

哪怕在业余时间，情况也没什么不同，尤其是私人空间和工作之间的分界线越来越模糊。社交网络上比拼虚荣的网络回声室现象随处可见，它们不断施加表现压力、业绩压力，要求最优化的自我营销。社交媒体收集数据的商业模型，就是建立在通过享受和娱乐来转移并消遣人们的注意力之上。评论家很喜欢将它与游戏机作比。硅谷"五巨头"——Facebook、亚马逊、微软、字母表（Alphabet）、苹果——为了争夺潜在顾客的青睐已经加入了一场旷日持久的注意力竞赛。为此，它们的产品算法迎合我们所有的愿望、生物刺激和本能，始终保证即刻满足我们的需求，奖励给我们享受。现在，很多硅谷先驱将互联网时代流行的时间碎片化看作对社会、对人际关系的一大威胁。比如科技界精神领袖杰伦·拉尼尔在自己的畅销书中劝告读者立刻删除所有账号，不仅仅是因为网络会滥用数据、使人愚钝，还会操纵和监视用户。还有前谷歌员工——很多人眼中的硅谷良心——特里斯坦·哈里斯，他建立了"人道科技中心"和公益组织"合理利用时间"。尤其是依托后者，他在多年来提供了切实可行的建议，帮助人们摆脱依赖，对抗注意力危机。不论我们是选择减少弹窗和推送，或把智能手机设置成黑白，还是要求科技巨头遵循某种道德准则，感到担忧的都绝非只有拉尼尔和哈里斯。这一行业内部已经开始了反抗。很多相关的专家，包括儿童医生和心理师，都指出我们的社会凝聚力有被侵蚀的危险。没有人怀疑全面数字化会导致上瘾。苹果创始人史蒂夫·乔布斯和苹果首席执行官蒂姆·库克严格限制孩子和侄子接触社交媒体以及使用自家产品的时间，此举并非出于偶然。现下，偏巧就是在硅谷，严格禁止下一代使用智能手机的做法蔚然成风。

欧文·潘诺夫斯基所经历的在无心寻觅处收获，也证明人们应该有更长的学习时间以及学术自由，并且不应该将人文这一类的学科限定在标准化的教学课堂。文科一直被认为无用而遭到嘲笑，但近来又在经济领域中备受关注，尤其是在领导层越发看重慢管理、社会能力和软技能的时候。人们认为，具备人文思维传统的毕业生有更好的共情能力，因为他们曾花费数年研究上千页的世界文学和哲学。能够内化康德的《纯粹理性批判》的人，能够从陀思妥耶夫斯基主人公的挣扎撕扯中幸存的人，或者能够领会米开朗基罗在西斯庭教堂天顶画中的基督全喻图像的人，他们都被激情与热爱指引。要不然还能是什么呢？毕竟，他们没有理会父母的喋喋不休，没有去读国民经济学、企业经济学、法律这样至少能学到点正常东西的学科，而是在选择专业时，经过慎重思考冲进了大胆的冒险。他们很有可能就会沦为不稳定无产阶级的一员，那时不要说养家，连自己都养不起。只有热爱自己所做的，才有可能成就卓越。而在人才市场上，这被看作是几种创造价值的品质的集合：高要求、自我驱动、责任感、果断。就算经济社会对人文学科的期待显得有些夸张或是诡异，但能够排除万难，证明自己有如此毅力和专注度的人，他这一生里集中注意力的时间至少不会太短。

餐桌之上

　　人往往会将小时候听到的话在未来的几十年都奉为真理。它们会像法则一样对我们产生持续的影响。它也许是教母想用一小条菲多雅巧克力让我们亲身体验什么叫做享受时，说的几句话："千万不要掰开它，也不要去咬它，好的巧克力是要含着吃的。让它的味道在你的嘴里慢慢融化散开，能含多久就含多久。要细细地去品味每一刻。"这条建议是好意，小孩在之后也会去努力遵循。只不过二十年后他就会发现，享受根本是相反的意思。是贪婪无度，是饕餮朵颐。只有当人不再定量分配终究有限的东西，而是创造一个瞬间的错觉，让自己深信不疑地以为可以永久地完全拥有某一样事物时，那才是完满的享受。拿菲多雅巧克力这个例子来说，就是将它塞满口腔，换取一刻极致的愉悦，让可可和糖分肆意地融化、充斥，而不是感知着巧克力的流逝，通过小心地节省一再推迟愉悦的感受。如果不是活在当下，而是心里总念着结局，人真的能感觉到享受吗？在此似乎有必要强调一下，至少在饮食上，这事没有孰对孰错。食物的一切都在不断变迁。马丁·路德有句名言："您为什么不打嗝放屁，难道是您觉得不好吃？"虽然这句话说的是造谣，而不是中世纪晚期的餐饮习俗，但我们也能了解到，在这位宗教改革家的时代，人们主要是用双手抓饭吃的。现代形式的餐叉要在十八世纪中期才会出现。而一直到二十世纪早期，饭店里还常设痰盂。还有一种肯定已经消失了更久的习俗，出现在马可·波罗游记里对于俄罗斯十三世纪晚期的社交晚宴的记载中——现在的人们去厕所所做的事情，彼时由女仆在桌子下面用海绵擦拭。

餐桌礼仪与时俱进。2011年，英国名厨赫斯顿·布卢门撒尔在伦敦海德公园著名的五星级酒店文华东方开了一家餐厅，它在国际上广受赞誉，位列世界一流。这里的食客会用刀叉，餐巾铺在腿上，厕所也有的是——即使盘子里的所有食物都是受了几百年前的菜谱的启发。布卢门撒尔给餐厅取的名字很朴素，就叫作"正餐"（Dinner）。他解释说，在十八世纪中期之前，人们都在中午时分吃主要的一餐，至少是在天还亮着的时候。而电气照明和城市化将吃饭的时间越推越晚，尤其是工业革命开始后，大部分工人会在上班时带上简便的饭菜，在中午轮班休息时吃。由此，下班后的一餐变成了一天最重要的正餐。布卢门撒尔对历史的偏爱不仅影响了餐厅的命名，更是塑造了菜单。菜单中提供的佳肴，其食谱均记录于十四到十九世纪之间。这里典型的一餐，前菜可能是"小麦粥"（Frumenty，约1390年），里头是烤章鱼、斯佩耳特小麦、烟熏海鲜汤、腌制红海藻、欧芹酱。或者也可以选"水果肉"（Meat Fruit，约1500年），这道菜混合了柑橘、鸡肝酱和烤面包。接着主菜是"烤多宝鱼配青酱"（Roast Turbot & Green Sauce，约 1440 年），煎烤的多宝鱼配上用菊苣、香菜、胡椒、洋葱和桉树叶炖煮的酱汁。客人甚至可以选"烤髓骨"（Roast Marrowbone，约 1720 年），烘烤的髓骨搭配腌菜、蜗牛、辣泡菜、肉豆蔻和威尔士煎饼。至于甜点，可不能错过香辛冰激凌，它是根据十九世纪晚期的一份菜谱来做的。

布卢门撒尔是分子料理大师。他曾接手一家位于伦敦往西几十千米、有四百多年历史的酒吧，并在九十年代中期就把它变成了世界顶尖料理的中心。后来，他爱上了古代的烹饪艺术——在中世纪晚期还主要被当作医药学的分支。他开始搜集那几百年间的烹饪书籍，同专攻菜肴和饮食的历史学家一起，探求菜式的灵感。

在家庭中，菜谱也经常会传承几代人。现在的千禧一代，可能会兴致勃勃地跟着太祖奶奶的原始烘焙食谱，烤一只奶油圆蛋糕。不仅在亲缘之间有如此传承，往大了说，一个国家的国菜也是这样。譬如现今全西班牙都视若珍宝的海鲜饭，在它的故乡瓦伦西亚，从十六世纪至今，人们都会用车轮那么大的平底锅准备这道烩饭。亚历山大大帝在遥远的公元前四世纪将大米从印度带到了欧洲，一千二百年前摩尔人占领西班牙后，西班牙也开始种植这种谷物。如果说大米在欧洲的历史已经相对悠久，那么可可豆、土豆、玉米则是在亚历山大东征一千多年后才远跨重洋，随着中南美洲遭受残忍的侵略与殖民来到了欧洲。

尽管许多来自遥远国度的植物、蔬果、谷物和用它们制作的菜肴早已都变成了本地菜，但中国的传统食物"千年蛋"① 怕是永远不会位列其中。英文中它的名字只是叫"Century Egg"，也就是百年蛋，不过它的制作实际上只需要几周，至多不超过几个月。期间，人们混合黏土、草木灰、食盐、石灰粉、稻壳以及其他植物、香草，将这一精美小吃包裹其中，使蛋黄变绿、固化。大概是因为它有一股令人不适的氨水气味，欧洲人还没法将这种亚洲特产奉为佳肴。但我们倒是对另一种类似的腐烂

① 即皮蛋。

刺鼻的臭味儿很熟悉，那就是制作奶酪时的味道。在奶酪可以被贮藏前，每间放置发酵奶酪的温室都是这股味道。它遍布整个欧洲大陆，弥漫在发酵法国特产"奥弗涅蓝纹奶酪"的"chambre chaude"①里，弥漫在托斯卡纳奶酪商位于奥尔恰谷的"camera calda"里。奥尔恰谷的草地上生长着三叶草、苦艾、野茴香，喂饱了来自撒丁岛的绵羊，著名的皮恩扎绵羊干酪就产自它们的羊奶。即便我们只是因为奶酪才知道了皮恩扎这座小城，也不妨了解一下，正是在那里，人们在史前赤陶罐上发现了几千年前的奶制品的遗迹。而且这些陶片上的脂肪酸残余表明，地中海区域早在七千七百年前就开始制作奶酪。而就在2018年的埃及，人们还在距开罗不远的塔米斯墓内发现了三千多年前的奶酪，这是完整保存下来的人类最古老的奶酪了。

那么，当我们独自待在家里的厨房时，这一大堆知识该怎么派上用场呢？也许，我们可以稍稍给予吃这件

① 法语，同下文意大利语 camera calda 一样，意为温室。

事情多一些关注——无论是为了终极的享受狼吞虎咽，还是用几分钟咀嚼一颗豌豆。也许，我们可以偶尔远离冷冻的预制食品；也许，我们可以时不时自己下个厨？做饭需要的时间和前前后后做杂事的时间差不多一样长——摆桌子，收桌子，洗碗，摆洗碗机，擦干碗碟，打扫厨房，清理柜子。在分工仔细的伴侣之间，做饭永远是最有成就感的任务。或者两人一起做所有的事情就更好了。一起度过的时间，这在赫斯顿·布卢门撒尔的母语里，说的正是与彼此和谐度过的 quality time。

千禧难题

　　中小学的课堂上，总会有一位拉丁语老师或是数学老师，在某天讲解凯撒的《高卢战记》或者三角函数、开根运算时，为了让学生们认真听讲，提到芝诺与他的箭。这故事的效果向来很好，甚至能让学生在操场上继续苦思冥想，到了晚上依旧和朋友坐在公园的长椅上讨论个不停。自然，他们得不出结论——这是一个悖论，悖论的迷人之处就在于它看似无解。希腊哲学家芝诺提出，一支箭在飞出的过程中，在无限多个时刻是静止的，因此箭其实是静止的，也不可能射中目标。正在飞行的箭和空间中的任何其他实体一样，一直占据着一块确定的空间，而且它也必然就存在于这个位置。而箭从 A 点飞到 B 点所需的时间，可以和其他度量单位一样，被一再分割成更小的长度，直至无限短。然而实际上，箭一离弦便射入靶子，世界运行的规律就是如此。但因为芝诺，我们拥有了颠覆世界的可能，至少在思想上是如此。这位哲学家敞开了平行世界的大门，那里不论因果，一切我们以为理所当然、不容改变的东西，都可以被质疑。

　　这一千年悖论对科学界来说，更多是一种思考的游戏，但除此以外，还有一系列难解的问题已经让数学家殚精竭虑了许久，那就是由大卫·希尔伯特在 1900 年巴黎国际数学家大会上首次向同行们提出的二十三个问题。从变分法的发展、黎曼方程的非平凡零点解，到测地线的度量特征、物理学的公理化问题，这其中很多问题至今仍未解决。此外，阿基米德也好，欧几里得也罢，希尔伯特和其他数学家不再想当然地接受两千年前的数学信条，而是开始刨根问底。在巴黎大会整整一个世纪后，克雷数学研究所列出了七个问题，并承诺给解决任何一题的人一百万奖金。这一公益基金会由一对富裕的夫妇赞助，除了慷慨资助世界各地的数学家以外，它最负盛名的就是为解决这些所谓"千禧难题"提供了大奖。当然，除此以外，数学界从数论到代数、从几何到组合分析，还有数十个未解之谜，而世上最聪明的头脑已经为之奋战了几百年。比如费马大定理——由皮埃尔·德·费马在十七世纪提出的关于自然数与非自然数乘幂的猜想——在350年后才被英国数学家安德鲁·怀尔斯和理查·泰勒证明。1611年，德国哲学家及神学家约翰尼斯·开普勒开始了对六角形雪花的思考，这在1900年还是希尔伯特提出的未解难题之一。而到了十九至二十世纪，开普勒对球体密集堆积的猜想被德国及匈牙利数学家部分证实。2014年，美国数学家托马斯·黑尔斯在研究开普勒假设超过二十年后，终于成功发表完整证明，由此，一个有四百多年历史的数学问题正式宣告解决。

克雷数学研究所列出的七个千禧难题中，也包括了多个数学假说，譬如曲面几何专家波恩哈德·黎曼在

1859 年提出的猜想，即解析数论中素数与零点的联系。很多猜想至今仍未能得到证实。但在 2002 年，也就是高额悬赏发布仅仅两年后，就已经有一道千禧难题得到了解决——针对 1904 年提出的庞加莱猜想，格里戈里·雅科夫列维奇·佩雷尔曼将他的第一次证明写成了共三十九页论文，上传到了一个开放资源服务器上。论文中，他成功证实了庞加莱对三维空间形状的设想。但佩雷尔曼拒绝了克雷基金会一百万美元的奖金，也不愿接受媒体采访，仍旧和母亲一起蛰居在圣彼得堡郊区的一间小公寓里。2006 年，他又同样拒绝了颁发给他的菲尔兹杰出发现奖章，这是本学科的最高国际奖项，一向被视为数学界的诺贝尔奖。

佩雷尔曼生于 1966 年，喜欢听歌剧、采集蘑菇，热爱徒步。他有意识地远离喧嚣与聚光灯。他不在乎任何奖项，也无所谓金钱和认可。证明是否正确，是对他的研究的唯一衡量标准，也是唯一对他有意义的肯定——在他少有地对此发表看法时，佩雷尔曼这样解释道。他在斯捷克洛夫研究所就读时的博士生导师尤里·布拉戈回忆称，这位学生在数学研究所时就已经很是特别："他的思考一直都很深刻。他的答案从来都是正确的。他所有的证明都非常、非常细致。他动作不快。速度快一点用都没有。数学不需要速度，数学只需要深度。"特别是在科学家中间，接受奖项可能干脆会被当成一种弱点，而拒绝则满足了精神上的洁癖。此外，金钱提供的动力也很少，因为研究开展时，它本身并没有任何经济化的可能。大部分有成就的数学家在耗费数十年研究那些问题之前，是无法确定能否得出解答的。他们根本就不知道要怎样才能成功，到底能否成功。所以，如果课题研究单纯依靠布置任务，就很少能够出现开创性的创新成果，反而只能产生一系列可疑的调研论文以及有意偏袒的报告。

从古至今，著名的数学家都是没有经济和社会压力的，或者他们为了尽可能自由地思考而远离了这种束缚。他们大部分是有闲暇时间的贵族和僧侣，后来又有了教授。统计学和概率学起源于贵族在玩赌博游戏时的胜率计算。原子模型的早期版本，只是在研究如何最好地将炮弹摆到战船上时，附带出现的产物。证明了费马大定理的安德鲁·怀尔斯认为，直觉在科学中也很重要，就和在艺术里一样。总之，怀尔斯觉得自己和艺术家异曲同工，他将数学论证和约翰·塞巴斯蒂安·巴赫的作曲相提并论。此外对于他来说，音乐和数学原则上同样都需要慢慢来，因此也就互相有了联系。挚爱小提琴的阿尔伯特·爱因斯坦则和亨利·庞加莱一样，成功地否定了牛顿的绝对时空观。为此他需要时间进行不受打扰的思考，而即使身为伯尔尼的专利审查员，他也没有放弃那些专注的时刻。

到
期
时
间

　　世界上最长寿的人于 1997 年在阿尔勒逝世。让娜·
卡尔芒享年一百二十二周岁，据说生前每周最多能享用
一公斤巧克力。在她出生的半个世纪之前，乌龟乔纳森
已经在塞舌尔破壳而出，而且今天依旧在吞食以牧草和
细树枝为主的饲料，饲养员还从 2014 年开始增添了苹果、
香蕉、胡萝卜、番石榴。很多人认为，乔纳森是最长寿
的陆地生物，这得益于它所属的物种。毕竟，一般认为
一只亚达伯拉象龟完全可以生存二百五十年。很多水里

的脊椎动物的预期寿命还要再长一些。大约在路德进行改革、美洲大陆被发现、莎士比亚和伽利略·伽利雷诞生的那段时期，有一条格陵兰鲨孵化了，根据科学家在2016年的推算，它的年龄超过了五个世纪。

可同那些在这颗星球上与我们共存了几十万年的有机体或生物相比，这些数字都不值一提。它们在我们出现之前就已经存在，而在我们消失之后，大部分很有可能会继续存在。蕾切尔·萨斯曼为了制作《世界上最老最老的生命》（The Oldest Living Things in the World）一书，用了十年游历世界，为生存了两千年甚至更久的生物拍摄了照片。虽然她的摄像机未能亲临西伯利亚冰原，在那里拍摄世界上最古老的生物——年龄从四十万岁到六十万岁的异常顽强的放线菌，但她在南极洲拍下了象岛的苔藓——在美索不达米亚的人类才刚刚发明了车轮时，它们就已经在生长。她抚摸新南威尔士州一万三千岁的桉树，触碰克里特岛枯老的橄榄树。后者与如今极为稀少的三千岁的叠层石同属一个时代。在澳大利亚的西海岸，萨斯曼探访到了这些叠层石，它们每三十年会生长大约一厘米。研究人员推测，正是这些在史前遍地生长的沉积岩，在三十多亿年前通过光合作用往地球的大气层释放了大量氧气，才使它成为一个宜居的星球。如今，叠层石在灭绝，和它一样严重濒危的，还有美国犹他州的一片颤杨根系。它维系着约四万七千棵基因一致的杨树组成的巨大有机体，至今已生存了八万年。

还没有在过去的几百年里被人类斩草除根的，如今也面临着消失的命运。为了避免一切彻底消失殆尽、无可挽回，2008 年的时候，在挪威大陆与北极之间的冰洋上、在斯匹次卑尔根岛的山体深处，人们爆破了极地的永久冻土层，在地下开辟了三间巨大的仓库。按计划，这里能够储存四百五十万份来自全世界的种子样品。作为地球植物多样性的避难所，斯瓦尔巴全球种子库被特意设置在了人迹罕至的地方。它可以抵御核战争和其他全球性的意外灾难，这样能够通过记忆和储藏，来帮人类保护那些我们已开始不可逆转地毁灭的东西。从外面看，只能看到这座植物保险库的入口，一只插入山体之中的混凝土楔子。在通入地窖的入口上方，是挪威艺术家迪维克·桑尼的浮雕作品，她将它命名为"Perpetual Repercussion"——"永恒的回响"。由不锈钢片构成的无数三角形如同镜片及三棱镜一样，将光线反射至各个方向。在长达数月的极夜期间，其中的 LED 光纤灯会在十月至十一月发出淡淡的绿色光芒，仿佛北极的极光。维护多样性是对未来的义务，艺术家解释道。只不过，人类的影响在哪里都不会停止，即使是在北极圈以内的此处。2018 年，挪威政府不得不投入超过一千万欧元翻修全球种子库，因为全球变暖引起的洪水涌入了这座建筑。

　　长久保存物件对人类来说从来都不是易事。如何保护对人类种群生死攸关的经济作物是一个显而易见的例子，但还有一个问题更为严峻：如何安全地永久性处置核废料。放射性垃圾在一万年甚至更长的时间内都对人类有极大危险。打个比方，就连金字塔也只存在了不到五千年，而其中隐藏的秘密我们可能已经永远无法破解。那么，当我们的后代既不了解今天的文明，也不再使用我们的语言，我们要如何保护他们免受铀与钚的戕害，我们要如何警告他们远离辐射污染？自 1981 年以来，已有国际专家委员会为此绞尽脑汁，成果却差强人意。如今使用的标识包含了骷髅、逃跑的人类和爱德华·蒙克1893 年的画作《呐喊》中瞪着眼睛惊恐的人脸，可在几千年之后，这些图片的组合却很难让人意识到危险。尤其还是既看不到、也闻不到、也尝不到的危险。卡通玩偶"核米奇"（Nickey Nuke）① 的创意也直接被抛弃了，按照假设，人们可以围绕这个卡通形象在核废料处理场建造一个像迪士尼一样的游乐园，由此在无尽地娱乐的同时，永远提醒全家人记得放射线的危险。这样的设想体现了预测未来有多么困难，而人类的应对又有多么迟钝，偏偏这问题还是人类自己制造的。也许今天的我们还会害怕核辐射的符号，但已经有新能源厂商开了头，在广告中让射线警告标识轻轻松松地变成了一只风轮，借此来宣传自己的产品。"此处埋有危险有毒含辐射废料。公元 12000 年前严禁开挖或钻孔！"这句以七种语言

---

① 编注：美国能源部召集各界人士提出的末日提案中的一个，即以核废料掩埋址为中心建立博物馆及游乐园，并将 Nickey Nuke（仿照 Mickey Mouse）作为游乐园吉祥物。Nickey Nuke 在诸多儿童读物中登场，并借此方式警醒人类核废料的危害。

写就的警告和预计 2133 年建造的巨型石碑，是否足够使侵入者远离美国新墨西哥州"废料隔离试验项目"的核废料，至少现在还需要打个问号。

"所有东西都会消逝。真的是所有的东西。"丹尼尔·科尔曼曾经写道，"物理学家现在认为，在无法想象的遥远未来，甚至连质子都会分解。那时也不再有原子，任何东西——真的是任何东西——都将不复存在。包括宇宙本身也会死亡。不仅是生命，连坚实的物质都有到期时间。"这算是慰藉吗？恐怕不算。恰恰相反，万物皆有终结并非借口，我们依旧有责任确保我们的后代有权在地球上度过一段可以忍受的时光。

闲
暇
与
闲
荡

"假如新闻能像闪电一样,迅速传遍世界,假如我们自己能以极快的速度,在短时间内到达世界上相隔最远的地方,那会是什么光景呢?"问出这个问题的,竟偏偏是阿达尔贝特·施蒂弗特写于1857年的《晚来的夏日》(Nachsommer)——这部小说的节奏是如此缓慢,以至于弗里德里希·黑贝尔说,只要有人真的能坚持读完这三卷巨作,便要"为他奉上波兰王冠"。尽管如此,施蒂弗特的这部教育小说在德国文学中依旧深受欢迎,从尼采到霍夫曼斯塔尔再到现当代，这部小说都备受推崇——部分原因是，他笔下的这位年轻人，也就是《晚来的夏日》的主人公，他用闲适与虔敬的态度、通过远行漫步和走走停停，将开篇的那句疑问消解于无形。他彻底放慢脚步，构成了与快节奏生活完全相反的画面，而作者则不遗余力地剖析他生活的每一个细节。然而，对在自然中静思的渴望却自带某种紧迫感。回归原始、主张慢下来，这显然站在了时代的对立面——今天这个时代愈发让人眼花缭乱，愈发频繁地剥夺人们的注意力，今天这个时代几乎就要消灭集中精神这种能力。连歌德都讨厌被扰乱思考，那时的罪魁祸首还只是新闻业而已——每天早上他的门槛边都会出现各种公报、日报和小册子，印刷页面源源不断倾泻信息的洪流，令人几乎难以招架。那时候的人们，无论是在家中还是在街上漫步，都已经要与信息流作斗争。按照瓦尔特·本雅明所述，就在和施蒂弗特《晚来的夏日》大约同一时期的巴黎拱廊街上，"在散步时牵一只乌龟是极为优雅的。"施蒂弗特年轻的主人公同样将所有时间花在了漫步游览山野丘陵上，往往连着几个月都在旅途中。

《共产党宣言》表明了反对工业革命资本主义倾向的立场，与之类似，自从浪漫主义时期以来，对于漫游的喜爱就开始对抗越发快速的生活节奏。十八世纪时，山峦还被认为是贫瘠无用的"大地的疣子"，而现在的人们则发现，阿尔卑斯山这样的地方就是火车可以直达的宁静港湾，在那儿可以远离工厂的烟囱和其他城市化的缺点。这不仅仅是逃避现实或是逃离城市，更是一次在这个瞬息之间就加速太快的世界里，认识自我、沉下心来的机会。返回自然！这不正是让-雅克·卢梭的号召吗？"人生而自由，却无往不在枷锁之中。"这位法国作家及哲学家赠予了读者这句启蒙谏言。人们在漫步时，自然能解脱枷锁。也难怪卢梭想象中的"高贵的野蛮人"，一个与自然和谐共处、本性良善的人的形象，能在阿尔卑斯山区工业化之前的农耕生活中找到影子。

在对乡村平行世界的热忱中，还要再添上一丝对挤奶女工的无辜情色幻想。"在乡下百无禁忌。"福楼拜的《庸见词典》（*Le dictionnaire des idées reçues*）如是说——

这是一本抄录了当时社会上各种闲言碎语的笔记。乡下和森林都是充满灵感的地方，就是让人容易做梦。他的评论正也隐含此意。讽刺的是，大城市的人在渴望平静的那一刻就已经希望落空。对漫游的热衷在工业化发展期间从未缺席，但当三分之二的世界人口都生活在居民远超一千万的大城市甚至特大城市中，处在后工业化时代的我们，又能从中得到什么实质性的帮助呢？就在现在，生活在成都、重庆、武汉和天津这几个中国工业聚集城市的人加起来已然比一整个德国还多。谷歌地图、智能眼镜、智能手机、地理定位以及人脸识别，它们控制、调节着我们的运动过程。公共空间一再压缩，变成了被购买行为这样的算法定义的从 A 点到 B 点的距离，而且还是功利最大化以后测得的最短距离。一路上，从高效时间管理到消费建议，每一步都为了自我利益而被完全经济化。

闲荡与懒散，被抛弃在了一旁。漫游者的闲庭信步如今无人称赞，因为它无法被测量，无法被估价。夏尔·波德莱尔解释道，在城市的街道上游手好闲需要拥挤的人群，"人群是它必需的元素，正如风之于鸟，水之于鱼。"大城市中的现代散步者，和弗朗茨·舒伯特在《冬之旅》（Winterreise）与施蒂弗特在《晚来的夏日》中写到的在大自然漫步的年轻人，有两点是一样的：匿名和漫无目的。允许计划外的事件，走到哪算哪，绕远路，等待不期而遇。在上世纪中期，居伊·德波提出了"漂移（dérive）"这一理念，将随性、任意的漫游上升到了原则高度。其后不久，美国社会学家理查德·桑内特在《混乱的运用：个人身份与城市生活》中论述道，混沌产生创造力，如果能够坦然接受，错杂与失控就不会再让人心生不安。那么这对二十一世纪的漫游有什么具体的意义呢？首先试着抵挡住教你"探索城市"的"漂移app"的诱惑——虽然它们肯定也是好意——别在手机上下载软件，而是真正地迈开脚步。迷失在城市里，不需要应用软件。直接跟上一辆红色的车，然后跟上一辆蓝色的，扔硬币决定是向左还是向右，每一千步或十分钟随便换个方向，请五个陌生人指一条随便去哪里的路，闭着眼睛在地铁图上指一个站点，然后就从那里出发。

你不需要去了解漫步学、散步理论或北欧健走杖。下乡踏青或者在家门口的城市探险，不需要做什么特殊准备。"徒步让我们重新感受人自身的度量衡——脚步的长度，以及大自然的计时——太阳的光线。"可持续专家乌尔里希·格罗贝尔这样写道。唯一的要求，是留出时间。空闲时间是中场休息，是完全自由支配的时间，而不是用来当作补偿或抵消，以期接下来可以更好地工作。真正勇敢的，是没有计划的人。

耐
心

　　米夏埃尔·吕茨赴约时迟到了，但也就迟了一小会儿。这是一个五月春日的周六，我们约在柏林施泰因广场的咖啡馆。1940 年，他就在夏洛滕堡区这里出生，之后也在这儿长大。他家离咖啡馆几乎只有一墙之隔。在将时间完全给予对方、投入到彼此的交流之前，若你先到了约定地点，等待的时间就可以看作是意外的赠品。不管怎么说，四下看看总是比满头大汗来得轻松。所以，不管这位朋友何时出现，与其说是不耐烦，倒不如说是有些感激。反正总归不会超过几分钟。

约吕茨见面，最好是通过写信。他没有电子邮箱，也不爱打电话。服务员还没问他想喝些什么——苹果汽水——，就认出他是这里许多年的常客，他感叹自己都好久没来了："现在我妻子和我都压根没时间。"而后，他又礼貌地转向对面的朋友，指着附近的一栋楼，说道："这旁边原来是一家酒店，是这里的第一家，戈特弗里德·贝恩总是会带着他的某个女人一起进去。后来酒店破败了，这里一直是一片废墟，再后来有个投资商来了，然后翻新了整栋楼，现在就特别浮夸。"吕茨作为作者和摄影师，见证了改造的过程。时间，是他所有工作和作品的核心主题。"为了拍摄一张照片，或者做一个系列作品，我需要几年甚至几十年的时间。"通过摄影，他为自然景观与城市风貌、面庞与石碑书写它们的编年史。他无法停止、也无法影响它们的变迁，他能做的只有记录。"时间是上帝的另一个名字。他们都是全能的。"

若要在艺术史中寻找与之灵魂相近的作品，那非

《富岳三十六景》莫属。这部系列作品由日本木版画大师广重先生所作，甚至启发了印象派的画家克劳德·莫奈。后者在十九世纪末期作了三十幅油画描绘鲁昂大教堂，还描绘了干草堆的无数种形态。这两个系列都重在表现变化中的微妙之处，描绘"effets"①，大自然正是用这些细微变化塑造了我们对时光流逝的感知。吕茨在 1989 年至 2012 年间拍摄了近三千张照片，对象一直是基姆区广阔山谷的同一片区域，这一系列作品名为《绝对风景》（*Die absolute Landschaft*），其中没有任何两张照片是相似的。相同的几间老旧农舍，散落在拉辛格山脚下，不远处是里姆斯廷格镇。闪电暴雪，葱郁夏日，梦幻月色，阴云压境，而后又是朗朗蓝天，万里无云。山体时而白茫茫，时而黑黢黢，时而呈灰色，仿佛是银子做的。"唉，为了拍这些您一定跑了全世界很多地方吧。"吕茨笑着谈及一位找他聊摄影的观众。彼时是 2014 年，他有十几幅《绝对风景》系列的大幅照片在柏林博物馆展出。

———————————

① 法语，意为各种效果。

确实，如果只是一扫而过，几乎认不出来这一组照片拍的都是阿尔卑斯山前沿地带的同一片地区。只有停下来想一想，才会意识到自然景象其实也反映出了我们自身的内心图景。同一个人既会咆哮怒号，荒芜阴沉，也会充满阳光，在无比幸福的时刻光彩四溢。"我辽阔广大，我包罗万象。"吕茨十分推崇的诗人沃尔特·惠特曼在1855 年的《自我之歌》（Song of Myself）中这样写道。吕茨的作品仿佛一台地震仪，记录着最微小的变化。他拍摄衰败，仿佛那是一场蜕变。"我是时间的档案管理员。"吕茨这样评价自己和他的《绝对风景》。为了拍摄这些照片，他往往需要彻夜带着摄像机在野外睡觉，手指就搭在快门上。

说起来，吕茨的美学理论也自有一段历史。"Straight photography"，也就是如实摄影，这个概念最早出现于《相机作品》杂志（Camera Work）。摄影先驱阿尔弗雷德·斯蒂格里茨在 20 世纪初于纽约出版这本杂志时，照片还远远算不上是艺术。尽管如此，杂志还是尝试发展一套现实主义与如实摄影的理论，明确拒绝任何额外加工。原本，在默剧出现早期，人们就已经会在拍摄梦境时给镜头抹上一层厚厚的凡士林，而摄影界的主流风格，则是力争想要获得认可、被归于艺术的画意摄影，在这个时候，"straight photography"希望追求一些不一样的东西。不剪裁相片边缘，不作模糊处理，而是客观平实地观察选定的内容，对比强烈，深焦，只用自然光。用太阳取代白炽灯，用外景取代影棚。只靠摄影师的学识，一切为他的主题服务。除了受过专业训练的眼光，熟练操作设备的技能，他只需要一样东西——耐心。远在提出"straight photography"这个概念之前，在1893年的2月22日，阿尔弗雷德·斯蒂格里茨就曾在狂风暴雪中苦苦等待。那天是乔治·华盛顿的诞辰，当时不到29岁的斯蒂格里茨站在曼哈顿第五大道的街角，等候着正确的时机。他观察着满满当当的邮政马车压过深深的积雪与冰冻向北前行。在暴风雪中，他被冻了整整三个小时，才终于看见作品需要的那一个瞬间和片段。小小的照片中央，在冰雪与泥泞组成的白与灰中，一位车夫高高地坐在双套马车上，无畏风雪，鞭打马匹前行。这幅作品堪称摄影界的古版书，其影印件如今收藏于同样矗立在第五大道的大都会艺术博物馆中。斯蒂格里茨意在通过这幅相片，表达出他所有的经历。直至今日，当参观者看到这幅小尺寸的作品，他们依旧会战栗。只有耐心——历经数小时的不懈等待——才能造就如此结果。包括拍摄前的准备，也包括拍摄后的制作，等在大街上，也等在暗室里。

米夏埃尔·吕茨有耐心吗？如果是面对他觉得无聊的人，那肯定没有。时间被侵占，和其他很多东西一样会让他特别烦躁。"年纪大了随和了，也就放弃了。别太聪明就行。"他的妻子则觉得他"顽强、坚韧"。吕茨也会每年给他们的女儿拍照，并用连续的编号给照片命名，同时注明拍摄日期和时间。《时间图景 801》（Timescape 801）——他一直拍到了她的二十一岁生日。"慢慢来。"这位摄影家教导女儿。"她现在可以凭直觉做出正确的选择，因为从来没有人会直接告诉她什么是正确的。"和米夏埃尔·吕茨的会面过了几天后，信箱里多了一只小包裹，里面是他送给小女儿的一本童书。"愿她生活中的变

化一切美好。"他送的并不是米夏埃尔·恩德的《毛毛》
(Momo)——那本书中秃头的灰先生们穿着灰衣服,偷
走了人们的时间——而是劳拉·英格尔斯·怀德讲述自
己拓荒务农的小说,那是十九世纪末她在美国中西部度
过的平静的少女时代。

　　药店入口边的墙壁上有一块广告牌，里面的女子披散着柔顺的金发，正要走进一个冒着雾气的大型容器里。容器外是昂贵的不锈钢饰面，里面倒是亮着温馨的灯光，若不然，它看起来就像一口竖起来的敞口棺材。但年轻女子应该还是知道自己在做什么的，毕竟，这是 CryoMotion 公司的"先进冷冻疗法"，大写字母写着"冰冷的呵护"，保证"健康、舒适、抗老瘦身"。谁还不想赶紧跟随这位女子的脚步呢？至少也要提醒她一句"小心感冒!"而她正要褪下身上的白色浴袍，垂落的布料刻意堆出的褶皱，让人想起北极崎岖的冰山。就在不久之前，富裕阶层还对美黑机的人造日光情有独钟，现在它却和吸烟一样被打入冷宫，一大原因便是紫外线和香烟一样都会加速皮肤变老。

而变老——这一点毫无疑问——变老可没有人想要。"谁想长生不死？"1986 年，皇后乐队主唱佛莱迪·摩克瑞问道。如今，这根本不算是个问题——每个人都想，但最好年龄也不要增长。同时有一点却令人深思，那些研究永生的高科技企业，却给他们自己的产品设计了易于损耗的组件，有意赋予了它们较短的寿命。死神必死，很多"长生企业家"（longevity entrepreneurs）都这样宣称。谷歌斥资十亿创办的子公司加州生命公司（California Life Company）在官网上宣布："我们正在解决生命的几大谜团之一——衰老。"Facebook 创始人马克·扎克伯格，也给自己的细胞研究中心投资了六亿美元。亚马逊创始人杰夫·贝索斯和对冲基金投资人彼得·蒂尔各自为初创公司联合生物技术公司（Unity Biotechnology）投入了好几百万美元。该公司称其致力于按人们的意愿延缓死亡。这也是蒂尔的愿望："现代社会的最大任务，就是将死亡变成一个可以解决的课题。"

　　哪一条是我们的永生之路呢？是裸鼹鼠、墨西哥钝口螈、西伯利亚蝙蝠、大头针针头大小的水母，还是基因突变的线虫、多能干细胞、染色体末端的端粒或者直接将衰老细胞去除？在我们找到答案之前，仙果血浆公司（Ambrosia Plasma）可以提供年轻人的血浆进行输血，收费八千美元。而为了能等到研究成熟的那天并从中获益，人们可以将死者暂存在液氮之中。Alcor 公司就是一家领先的冷冻服务供应商，冷冻整个人体收费二十万美元，只冷冻头部则低至八万美元，价格包含了之后的解冻服务。Netcom 公司则只将大脑保存在负一百三十五摄氏度，未来即可读取大脑标本中的思想内容，并复制进电脑。只不过，大脑并不是什么电子设备，我们的 DNA 链也不是代码——按博托·施特劳斯的说法，"把黏糊糊的脑浆抽到数码容器里"，这完全不可能。而且，我们神奇的大脑只需要二十瓦的能量，相当于一只昏暗的白炽灯泡，而要媲美它的性能则需要一台超级计算机或者两万台家庭电脑，它们所需的电量是其一百万倍不止。看来，在永生的路上还有些问题需要解决。

"千百万人都在追求长生不朽，可若是周日下雨，他们连下午做什么都不知道。"早在上个世纪，作家苏珊·厄兹就曾作出这样的评论。在十九世纪末，西方国家的平均寿命大概还只有四十岁，现在则是八十岁，整整翻了个倍。这要归功于卫生与营养水平的提高，归功于医药进步和生活条件改善。这个数字很有可能会继续增长，只是，我们该拿这些时间怎么办呢？尤其在年事已高之后？如果明知生命没有尽头，谁还会想要大把大把的时间呢？随着虚拟化、机器人技术和人工智能的出现，很多岗位都面临消失，只能得到一份基本收入作为补偿，单是想到这些便已是令人唏嘘。从何时起人们有了过多的自由时间？根据马克思的理论，不正是我们的社会性决定了我们的自我认同？换句话说，我们的自我价值感不正体现在职业工作中？在《未来简史：从智人到智神》中，成为神人的人类，在人类世扮演了上帝的角色，对该纪元的方方面面造成决定性的影响。但我们之所以有人性、之所以是为人，仍旧是因为我们知道自己终有一死，哪怕有人试图为永生领域的学术研究和进步思潮都赋予近乎宗教的色彩——他们信奉成立于本世纪伊始的属于超人类主义的特雷塞教。以我们的能力，无论把生命延长多久，它都不可能永垂不朽，反而只能是永恒当中的一段短短插曲。

尽管如此，永生还是出现在了基督教的教义中，这也是全世界许多宗教核心的许诺。旧约中的上帝也向他的信徒给予了同样的应许，而且是轻而易举，诚如约伯的经历："他的肉要比孩童的肉更嫩，他就返老还童。"在人类历史上，对年轻的崇拜似乎与对无尽生命的追求拥有同样悠久的历史。就像在每年的大壶节，成千上百万的印度教徒沐浴在恒河中，因为相传在神明与恶魔大战时，毗湿奴不小心将几滴长生不老的甘露洒到了河水里。在宗教世界以外，永恒青春的源头不老泉也允诺能使人不死。在古典神话中，有一片每刻充斥着喜悦的岛屿埃律西昂，处处是天堂一般的景象。希腊人将它放在极西之地，坐落在一切河流的源头大洋河的边缘。另有中国的第一位皇帝秦始皇，下令在全国寻找长生不老药。据称他为此派遣方士徐福带了数千童男童女搭乘六十艘小舟前往东海，但徐福最后一次出海后，就再也没有回来。他没能找到魔法的药剂，却找到了日本岛，那里的人至今还认为他是日本的始祖。秦始皇也没能收获好运，他死于公元前259年，享年四十九岁。秦朝本应延续千秋万代，却在仅仅三年后就迎来终结。在他死后，中国这位"不朽的皇帝"终究还是得到了长生，陵墓中包括士兵、骏马和战车在内的八千多座兵马俑，将在另一个世界保护他。

幽
会

可以不经意地路过，也可以驻足沉浸其中——众所周
知，一幅画不会大喊着叫谁回来，也没办法发出声音招揽
谁的注意。1500 年，也就是五百多年之前，阿尔布雷
特·丢勒创作了《皮装自画像》（*Selbstbildnis im Pelzrock*）。
两百年前，自画像来到慕尼黑，如今与其他德国文艺复
兴时期的经典作品一起，挂在老绘画陈列馆两楼的二号
大厅中。丢勒反正不打算开口说话，他笔下的自己仅仅
二十八岁，却是冷静沉稳。也许以前第一次见到这幅画

幽会

时，我们比画中留着胡子、长发及肩的艺术家还年轻不少，如今已到中年时再见画中人，则感慨丢勒毫无变化，自己却成了更年长的那位。无论身处何处，画家似乎都在直视着我们，每根睫毛都清晰可见。丢勒的自画像显得从容、克制，似乎在告诉参观者，它对他们毫不在意，甚至不愿为他们浪费一丝思绪。他的眼中映出了窗框的倒影，眼神泰然自若。若是走近些，站在正对面与他视线齐平，这位冷静的画家可以赢得所有瞪眼比赛。人无法长时间承受他的目光。自然，他并不觉得我们是他的对手。我们这会儿不过是坐在他前方的长椅上，嫉妒地打量着每一位路过这里挡在我们面前的参观者，暗自较着劲，希望最好把他们吓跑。画中的人像仿照了上帝的面庞，并且丢勒选择了救世主画像的形式，由此将他自己神化。而身着奢华貂皮大衣的丢勒越是意气风发，便越是让人自感渺小，尤其是当我们意识到自己终有一死。丢勒的目光跨越了时光。几百年后，当我们的肉身早已腐败，其他人看到的他，却将和我们现在看到的他一模一样。无需在画上写明 Memento mori①，也无需描绘头骨或骷髅，不需要任何虚空派艺术家爱用的那些道具，譬如燃烧的蜡烛和纸牌，或沙漏和苍蝇，无需这一切，我们便已然认识到自己终将逝去。为此，我们需要的只是一些沉思与时间——比如在丢勒的自画像前度过的不受打扰的片刻。

2016 年 3 月，在多哈的郊区为卡塔尔基金会的玛雅莎公主举办了一场晚宴。席间，行为艺术家玛丽娜·阿布拉莫维奇向邻座吐露了一个她单纯的想法。如果全世界的博物馆可以将艺术作品临时放进单独的小隔间，只允许一人进入，那么参观者就有时间远离游客、讲解员、电子导览，认认真真地去赏析画作。艺术家马克·罗斯科在几十年也曾设想过，在美国公路沿途搭建小教堂，打造理想的艺术欣赏空间。静与空，也是他自己的创作中的基本坐标。而阿布拉莫维奇主张平静与沉思，这一点如今似乎越发迫切——在今天这个时代，大都会博物

---

① 拉丁语，意为"记住，你终有一死"。

馆这样的文化机构在展厅中开设健身房，艺术展览则将欣赏作品变得越来越像玩交友软件，一场展上能同时有几百家画廊展示几百位艺术家的几百幅作品，而后邀请观众在其间走马观花。如果在这里需要的不是视觉而是嗅觉，那我们都很清楚，在化妆品店挑选一瓶新香水时，试过几款小样后鼻子就已经闻不出什么区别了。比起速配网恋，观众与艺术作品之间更需要一场幽会。这对美术馆馆长与艺术家同样重要。

另一方面，玛丽娜·阿布拉莫维奇在自己的作品中，自然也率先贯彻了她在多哈提出的想法。打断日常，拿出时间，是她创作的基调。从 2010 年的三月到五月，她每周会花六天时间在纽约现代艺术博物馆的一张小木桌边静坐，没有休息，每天多达十个小时。有一千五百多名观众鼓起勇气参与这场近距离的约会，坐到了她的对面。不少人都流下了眼泪，这样亲密的体验触动了许多人的内心深处。在她的表演开始时，艺术家乌来也来到了现场，他是阿布拉莫维奇曾经的恋人，也是她的合作伙伴。两人在七十年代中期走到一起，1988 年彻底分手。

为了告别，他们约定了一次特别的相见，这也是他们最后的合作作品：《恋人：长城漫步》（*Lovers: The Great Wall Walk*）。乌来从戈壁沙漠出发，阿布拉莫维奇从黄海出发。在历时九十天途径两千五百千米的跋涉后，他们最后一次在中国长城上相见。"我走啊，走啊。很久以前，我答应好的。到城墙上。走过去。三万三千步。第一步，日出。第三万三千步，日落。"这是玛丽娜·阿布拉莫维奇对这段苦行的描述。最终相遇时，他们拥抱了一下。一次牵手，几抹微笑，几行泪水，一切就都结束了，他们再也没能回到过去。

阿布拉莫维奇数着自己的脚步，艺术家罗曼·欧帕卡则从 1 开始，在巨幅画布上一栏接一栏地画数字。在这部名为《1965/1－∞》的作品中，他称自己的目标是坚持到数字 7777777，但生前写下的最后一个数字是 5607249。在他花了四十五年创作的画作中，所有数位间都没有逗号或者句点作分隔。2018 年初，汉高集团前董事长李宁雅来到杜塞尔多夫艺术宫博物馆，看到了欧帕卡的作品。作为一个显然是精于数字的人，他发现在画作《细节 612464—638029》（Detail 612464‑638092）中，数字 622008 和 622010 之间少了 622009。日本概念艺术家河原温的作品中倒是没有类似的情况。《一百万年——过去》（Oue Million Years‑Past, 1969）和《一百万年——未来》（One Million Years‑Future, 1981）整整齐齐地列出了每一个年份，写明 BC（公元前）或 AD（公元后），而后印刷成了几千页的厚重卷本。每逢为展览、双年展、艺术节或表演举办共读活动，男男女女便汇聚一堂，交替朗诵书中过去与未来的时间。而且，每次诵读都会被录制下来。在 2014 年，河原温已经离世，而他的基金会预计完成整个项目还需要再过一百多年。

说到漫长的时间，美国概念艺术家约瑟夫·科苏斯曾遇到过一个特别的人，他们谈及了更久远的时间跨度，也正是因为他们，阿尔伯特·爱因斯坦最喜欢的笑话才能流传后世。在汉堡一次展览开幕式后，一位收藏家在别墅中为科苏斯举办了盛大的招待会。艺术家本就从美国远道而来，又为私人预展做了演讲，正筋疲力尽地回到里面的房间准备休息一下。这时一位男子走了进来，他留着白色卷发，长得有点像爱因斯坦。他问艺术家是否就是约瑟夫·科苏斯，并自我介绍是爱因斯坦的侄子。他说，因为知道科苏斯在收集笑话，他想给他讲一个叔叔最喜欢的。故事里，人类遇见了上帝。"亲爱的上帝，一亿年对您来说算什么呢?"人类问道。上帝回答说："对我来说就是一小会儿。""那一亿元钱对您来说算什么呢?""对我来说就是一分钱。"于是人类请求道："亲爱的上帝，您能给我一分钱吗?""没问题，你等一小会儿。"

情欲，即人生

　　登上"巴黎"号蒸汽船的两个男人，彼此尚未有深交。朱利安·利维时年二十一岁，艺术家马塞尔·杜尚三十九岁。载着近两千名旅客的轮船，在 1927 年 2 月从纽约驶向勒阿弗尔，航程八天——于是，两人攀谈起来。几个月前，埃德加·A. 利维刚刚在儿子朱利安的催促下，从纽约布鲁默画廊的展览上购得一座康斯坦丁·布朗库西的雕塑，此次展览的组织者便是杜尚。杜尚带的行李主要是十五张布朗库西未能售出的画作，需要带回巴黎还给他。而利维——日后他将成为美国先锋派的艺术收藏家，并让超现实主义为大众所接受——他带的则是一部实验电影的笔记。于是杜尚将他介绍给了美国摄影家及画家曼雷，后者把摄影棚借给了他让他实现创作想法，还借给他摄像机在巴黎使用。由此，两个男人时不时地在船上装饰主义风格的餐厅见面，喝味美思酒，喝啤酒，抽烟，谈笑，直到杜尚回去下棋。轻言细语缓缓流淌，一如舷外平静的大西洋，旅程就这样没有波澜地继续。而之后发生的事情——因为朱利安·利维没有记日记的习惯——是他在七十年代末撰写回忆录时才提及的。回忆中，马塞尔·杜尚向他吐露了一个想法。当时，年轻的利维看到杜尚在摆弄两根铅丝，并在纸上勾勒着它们的轮廓。"他说，他在造一个女性机械装置。他笑着对我解释，他想做一个真人大小的会动的娃娃。这个机械女人的阴道由细小的弹簧和滚珠轴承组成，可以遥控，最好还可以自己湿润并且收缩，依靠娃娃头部的操纵杆来控制，他刚才就是在试着用金属丝掰出这根杆轴。——这就是一台不需要手的'machine-onaniste'①。"若是以今天的标准评判这段话，指责杜尚有厌女思想，那就太过鲁莽了。毕竟正是他帮助了众多女性艺术家开启职业生涯，也是他直接给贝翠丝·伍德送了一信封的现金，即便那时他自己还穷困潦倒。1920年，他还为自己创造了一个女性身份，取名为萝丝·瑟拉维（Rrose Sélavy 即"Éros, c'est la vie"的谐音，意为情欲即人生）。1942年，他还建议佩姬·古根海姆在她纽约的画廊中为三十一为女性艺术家的作品举办展览。杜尚告诉利维的这段话另有深意。它意味着，他竟有一部作品从构思到完成跨越了四十多年，而且这部作品最终更是占据了他的全部精力。算上研究、绘制初稿，以及在费城艺术博物馆安排适宜展厅的时间，杜尚在1968年逝世前，将生命的最后四分之一个世纪都用在了装置作品《给予：1. 瀑布/2. 燃烧的气体》（*Gegeben sei: 1. Der Wasserfall, 2. Das Leuchtgas*）上。这部作品在他过世后才第一次展出，至今依旧可以参观。这里有一扇巨

———————————

① 法语，意为自慰机器。

大的木门，周围装饰着拱形的砌砖，门后便是为这座装置特意开辟的展厅，观众可以从门上的两个小孔窥见一名裸女的身躯。她躺在树叶和枝杈上，双腿张开，将裸露光滑的阴部袒露给观众。她的身后是一幅森林的风景画，其中还有流淌的瀑布和几乎无云的晴朗蓝天，同时她的左手高举，拎着一盏发光的煤气灯。而木门后面和场景之间是一层砖墙，墙上豁口的边缘刚好挡住了女人的脸部。

《给予》也是一次融合，它糅杂了杜尚的爱与痴狂、他肉体与理智的偏爱、他的激情。他自己将女子称为"欲望女士"（Lady of Desire），在制作她的躯干时，他用了三位与他十分亲近的女性做浇筑的模板：书籍装订工玛丽·雷诺兹，巴西大使的妻子玛丽亚·马丁斯，以及亨利·马蒂斯之子的前妻亚历克西纳·塞特勒——后来她与杜尚结婚，这可能也促使了他在最后改换了《给予》中女子头发的颜色，将原本超现实主义雕塑家马丁斯的棕发改成了美国人塞特勒的金发。没有多少人知道杜尚在创作什么，他悄无声息地完成了整个作品。他在纽约租了一个秘密的画室，正符合他的座右铭："未来的艺术大师应当隐匿于世。"无需对这样的行为感到奇怪。他还是个年轻人时，就曾耗费十年创作他的一部重要作品——一块大玻璃，之后又有很长一段时间完全放弃艺术，专业研究下棋。"杜尚最好的作品就是他度过的时光。"他的密友，作家昂利-皮埃尔·罗歇这样概括道。罗伯特·勒贝尔则直接称他为"L'inventeur du temps gratuit"——自由时间的发明家。他在 1959 年列出的杜尚作品列表仅有二百零九件作品。若是有人问起，杜尚便会说，他喜欢呼吸甚于工作。不过考虑到他暗自为《给予》做的工作，这样的说法我们还是应该谨慎对待。无可争议的是，作品的构思就已经花费了他很多时间。杜尚提出的法语概念"retard"，也就是推迟、延迟、延期，对他的创作十分重要。同时，他也坚信同时期的观众没有资格评价艺术作品，只有五十年或一百年后的人们才能决定一件作品是否永恒，甚至他们也只是在打赌，因为人们的想法会不断校正。

杜尚的《给予》给了各路艺术家灵感，比如安迪·

沃霍尔，汉娜·威尔克，再比如杰夫·昆斯以及罗伯特·戈伯。甚至冰岛的流行歌手比约克也在一次采访中赞叹，称这件作品"彻底改变了二十世纪"。令人惊叹的是，马塞尔·杜尚这样一位注重沉静、安闲、惜时的艺术家，不仅是二十世纪最重要的现代艺术奠基人，而且显然正是因为这些特质，使他在二十一世纪仍旧不失一分影响力。另外也不奇怪，杜尚在七十六岁时，才在美国西海岸的一个小博物馆举办了第一次个人展。现在有太多人的衡量标准都是要在短时间内创作、展出许多东西——在今天这个时代，艺术世界和艺术市场已经几乎成了同义词，画廊和艺术品交易因此要求越来越年轻的艺术家产出越来越多的作品。他们之中很少有人能够意识到，离开画室的象牙塔，不在孤寂中经历失败，而是放弃这段经历去换取瞬间的关注和短暂的荣誉，这是有多么危险。在我们表现出来的"外在形象"与"伪装"之间，"不存在任何与完全沉浸在自我之中的一个个体的孤独爆发相关的联系"，杜尚如此认为。而且他同样是最早对"快速艺术"（Quick Art）表明反对立场的，他反对正在侵占各个生活领域的对速度的狂热追求——他指出更有意义的艺术是需要时间的。作为证明，在《给予》中女子的右手臂上，在观众看不到的地方，有一行杜尚亲手刻的字，除了装置作品的名称以外，他还写下了创作时间——1946 至 1966。

Sprezzatura

浑水摸鱼断不可取，毕竟懒惰可是七宗罪之一。确实，我们的先祖可能不需要像我们今天这样做这么多工作。在石器时代觅食的人，他们狩猎、采摘果实，每天只需共同劳作几个小时，之后或许还能与同伴一道好好放松，远胜过如今我们处于长期工作压力下的境遇——除此以外，他们也不需要苦苦思索自己的工作到底有什么意义。即便如此，在旧石器时代晚期也绝不可能游手好闲，毕竟关乎每一天的生死存亡。虽说现在的大部分人类已经不再为生存而挣扎，但几千年来，人们对好吃懒做无所事事的态度并没有改变。即便是于 1848 年发表了《懒惰权》（Le Droit à la paresse）的保尔·拉法格，也只是想要驳斥当时被视作重大革命成果的"劳动权"。拉法格绝不是鼓励毫无作为，他只是想要警告无产阶级，每日工作时间超过十二个小时，几乎就是在事实上变成了奴隶。这篇乌托邦讽刺小品揭露了"工人的苦难深渊"，他们"违背自己的本能"，被"劳动的信条"引入了歧途。"一切个人的和社会的灾难都出于他们这种对劳动的酷爱。"弗里德里希·尼采预感到了同样的危险——我们"在一个'工作'的时代，在一个匆忙、琐碎、让人喘不过气来的时代，在一个想要一下子"干掉一件事情"（……）的时代。① （……）现在人们已羞于安静和休息；长时间的沉思差不多会造成良心的谴责。'宁可做点什么而不是无所作为'——甚至这个原则也是一根勒死所有

---

① 引自《朝霞：关于道德偏见的思考》，田立年译，上海人民出版社，2020。

教养和所有崇高趣味的绳索①。"尼采的观点在他所处的时代也并不新奇。早在公元前四百年，阿佩利斯便曾奉劝同为画家的普罗托格尼斯——这位画家野心很大却没那么成功——太过勤奋反而有害，他这样说可能也是缘于当时流行的拉丁谚语，所谓做不到偶尔什么都不做的人，是不自由的。在古典时代，至少对于统治阶层来说，如果没有"otium"②，没有休闲活动和自由时间，工作是不可想象的。

　　而在文学作品中，如果主人公完全拒绝做任何一点工作，会怎样呢？赫尔曼·梅尔维尔笔下的抄写员巴特尔比，以及伊万·冈察洛夫塑造的奥勃洛摩夫，都是在十九世纪中期创作中懒惰派的典型榜样。但不应该忽视，这两位都是因为自己选择了游手好闲，而在最终走向了毁灭。别忘了，冈察洛夫不辞辛苦，花费大量时间用了近千页笔墨描写奥勃洛摩夫的优柔寡断，是为了展现这

---

① 引自《尼采四书：快乐的科学》，孙周兴译，上海人民出版社，2020。
② 拉丁语，意为自由世界，闲暇。

种性格导致的痛苦，而非为了赞颂。甚至连爱情都无法将他从懒惰中挽救出来。"什么也不做是世上最难的事情，最困难并且最智慧。"这句奥斯卡·王尔德的名言也被百无聊赖的人们奉为圭臬。不过说这话的人，在十九世纪末用短短几年就写了多部至今还在上演的戏剧，此外还写了一本著名小说，以及许多篇现在依旧值得一读的杂文。他的这句话并不应该被错误地解读成好吃懒做的通行证。懒散不是最高境界。提不起兴趣而无精打采只会导致愚钝与单调。托马斯·曼在《魔山》（Der Zauberberg）中这样描写无聊："生活老是千篇一律，漫长的时间似乎就会缩作一团，令人不寒而栗。倘若一天的情况和其他各天一模一样，那么它们也就不分彼此。每天生活一个样儿，会使寿命极长的人感到日子短促，似乎时光不知不觉地消逝了。"[①] 当然，人们应该学会忍受无聊。在一天疲惫的工作之余，它可以是令人欣慰的调剂，就如同在一段亲密的关系中两人同时沉默下来。

---

① 引自：《魔山》，钱鸿嘉译，上海译文出版社，2007。

但是，沉默是交流的间隙，同样，无聊应该是行动的间隙。因为若是无聊成为常态，那便和行尸走肉没有什么分别，这样的状态离死亡也不远了。研究懒惰也是一样。浪费时间是一种颓靡的奢侈，大多数情况下只有超级富豪阶层才能负担得起，去做那些最没有效益的事情。密切观察这一阶层的托斯丹·凡勃伦于1899年出版的《有闲阶级论》(*The Theory of the Leisure Class*) 可以佐证这一点。而对于如今的顶层人士来说，一份有意义的事业也成了必修课。没有人愿意再被说成是无所事事或者一事无成。纯粹虚度光阴，远不如在随便安排的什么作业疗法中，赶紧地休息一小下。

十六世纪初，意大利作家兼外交官巴尔德萨·卡斯蒂利奥内出版了《廷臣论》(*Il Libro del Cortegiano*) 一书，描绘了文艺复兴时期的文化思想，以及乌尔比诺公爵宫廷中的生活方式和行为举止。其中提出的概念"sprezzatura"绝不能像很多德语翻译那样，用漫不经心甚或毫不在意来解释。因为这个词与无所作为毫无关系。潇洒自在，或者我们现在所说的酷，虽然也并不十分贴切，但离卡斯蒂利奥内对"sprezzatura"的解释还是更近了一些。散发着"sprezzatura"气质的人，在无比放松的同时也有着深思熟虑。他绝不是要伪装或者故作轻松，仿佛可以毫不费力地达到效果。相反，"sprezzatura"是强大的意志与高贵的尊严，不让他人瞥见自己的工作车间。自己经历过的濒死喘息与焦灼和其他人也无关。"Sprezzatura"是暴雨风眼里的平静，是千辛万苦后的举重若轻。受到求爱的人不应知道，一段自然得看似是全然不经意间提起的表白，句中的每一个措辞都经过了多少漫漫长夜绞尽脑汁精益求精的打磨。这与她也无关。真正的艺术在隐秘之处，过于招摇地故作漫不经心，便也失去了其意义。即便说高雅不是能完全通过学习得来的，克制与谦虚至少也是第一堂课。若要塑造一个行事随性而又周全的人物，比如施滕·纳多尔尼在《发现缓慢》（*Die Entdeckung der Langsamkeit*）或米兰·昆德拉在《慢》（*La lenteur*）中所褒扬的那种角色，他的强大一定来自回忆以及停歇，这终究是任何一种速度都无法达到的。

如何克服忙碌、压力、急躁，克服日常对繁重工作的抱怨，以及犹如达摩克利斯之剑悬在头顶的过劳风险？"慢节奏运动"试图在"hygge"① 文化、瑜伽、冥想和解压应用软件中找到答案。这些都没有错，但这些方法都无法保证人们一定能够得到放松并且释放压力。真正的调节与内在的平衡很难通过外界的救赎达成，至多是治标不治本。"Sprezzatura"，平静，从容，这些应该被视作工作本身必须具备的一部分。"急事缓办"就是一句自相矛盾的俗语，尤其是它还试图把两个反义词放到一起。在日常做事的过程中，"从缓勿急"看起来还更有意义一些。工作可以是成就感和幸福感的源泉。好心情和努力工作并不矛盾。能够满足温饱，亲人健在，无需为谁担惊受怕也不用为生计发愁的人，当然不该放弃探索自身的可能性，而是应该像冒险家一样，斗志昂扬地向自身未经开垦的边缘地带、向负荷能力的边境线进发。只有在那里，人们才能收获最多的见识，唯一需要的只是留

① 丹麦语，意为舒适惬意。

出时间，带上一台回声探测仪，投入到对自身内在领土的探索。在那里，花费精力永远能产生更多精力，而不会一味白费力气，大部分的问题和挑战只需举手之劳就可以解决，只要人们从事的是自己最为珍视的事业。

万 物 有 时

地球飞船

地球赤道附近的自转线速度是每小时近一千七百千米。与此同时，它还在以每小时十万千米的速度绕太阳公转，而拥有八个行星的太阳系又在围绕银河系中心旋转，每小时行进约八十万千米。在银河系中，还有将近四亿其他的恒星。而在我们目前借助太空望远镜可见的宇宙范围，可以观测到超过两万亿个星系。为什么要列举这么多令人头昏脑胀的数字呢？首先，这些数据在英文中被称作"Fun Facts"①，这里的一大堆信息就描述了我们在宇宙之中的位置，并且远远超越了我们的理解能力。我们再继续列举：银河以及相邻的星系每小时都在向至少一亿五千万光年外的巨引源移动超过三百万千米。巨引源是一个巨大的星系团，质量等同于一京个太阳。我们自己的行星系统也已经有大约四十五亿岁了，并且也大约还能继续存在这么长时间，直到太阳变成红巨星膨胀至地球轨道并将其吞噬。最晚到那时，我们的星球上将不再有任何生命存在。虽然我们现在就常说地球将要毁灭，但这种说法却是相当自以为是，因为实际上只是地球上的人类将要毁灭，而我们也只是来了二十万年的过客罢了。

大部分人认为，在人类现在身处的人类纪——一个属于我们的纪元，从气候变化，到原子弹、塑料垃圾，再到核能、人工智能、生物多样性灭绝，我们可以自行决定对环境施加影响，因为人类对地球的生物、地理及

————————

① 意为有趣的小知识。

气候等方面都能起到关键作用——我们不仅有消灭自己的能力，还确实将会找到方法加以实践。到时候我们还会剩下什么？肯定还留有日耳曼学学者雷娜特·博恩的声音，至少有她说的六个字，它被刻录在一张镀金铜唱片上，如今在离地球两百亿千米远的星际间飞行："向所有人问好。"搭载着旅行者1号探测器，博恩的问候在离开太阳系后，以超过五万千米的时速向蛇夫座飞驰而去。这枚空间探测器1977年从卡纳维拉尔角出发，直到2025年都会继续向地球回传信号，在此之前，它探察了木星、天王星、海王星，尤其还有土星，最后是日光层，立下了大功。1990年的情人节，它在太阳系的边缘再次转向地球，在永无止境的旅途中，为这颗蓝色的星球拍下了最后一张照片，在那上面地球只是一个微小的发光点。旅行者1号携带着一个固定在舱外的圆形数据存储器，里面包含了一百多张影像，各种声响、音乐，还有用五十五种语言录制的问候语，其中有苏美尔语、旁遮普语，当然也有德语。《地球之声》（The Sound of Earth）——这是存储器的名字，它是一张包裹了防宇宙辐射铝壳的长时间播放唱片——它的主要负责人是天文学家兼作家卡尔·萨根。当时很快就有人指责萨根没有选择任何关于战争、疾病、犯罪、宗教或者贫穷的声音或者图像。可在另一些人看来，这些信息又太多了，因为图解明确标注了地球在宇宙中的方位。萨根的同事、诺贝尔物理学奖得主马丁·赖尔，甚至担心地外生命得知这一信息后可能会攻击毁灭我们。即使有数十亿的星系、数亿颗恒星，宇宙这片真空世界最重要的特性仍然是——空。"无尽的遥远。"这是六十年代中期德语版《星际迷航》的引言。据 NASA 测算，还需要大约四万年，终极时间胶囊旅行者 1 号才会再次略微靠近其他星体，届时它将以仅仅 1.7 光年的距离，掠过至今尚未研究过的小熊座星球 AC+ 79 3888。旅行者号的金唱片理论上可以留存五亿年。如果外星人竟然真的存在，它们会发现探测器吗？把它比作大海里捞针都是轻描淡写。对于宇宙来说，旅行者 1 号甚至比不上沙漠里的一粒沙。而外星人面对金门大桥、多伦多机场、泰姬陵的照片，或者路德维希·凡·贝多芬第十三号弦乐四重奏的录音，又该做什么呢？而且前提是它们能够破译出铜盘上的数据内容。

即使是我们自己的祖先几千年前在地球上留下的圆形物件，人类也很难弄懂——费斯托斯圆盘，内布拉星象盘，以及巨石阵里排成圆圈的玄武岩石碑。而无论我们留给宇宙的讯息是否能被解读，都还有另一个问题：那时除了旅行者号的唱片，人类还会剩下什么吗？不管是不是环保人士，人们都很喜欢讲一个笑话。两颗行星碰见了，一颗行星问地球："你怎么啦？是生病了吗？""我身上长智人了。"地球回答。"没事儿的，他们过会儿就没了。"另一颗行星笑着安慰地球说。因为越南战争中的暴行，美国作家苏珊·桑塔格曾将白种人比作人类历史上的癌症。但我们知道，我们所有人也都能够创造美好，创造经久不衰的绚丽。如果暂且不去讨论小行星撞击、火山喷发，或者末日审判、瘟疫、外星人毁灭星球和宇宙伽玛射线暴，那么远观大局，关系到人类在地球上存在与否，能够掌握人类未来几十亿年命运的，还是有且只有人类自己。理论家及建筑家巴克敏斯特·富勒在 1968 年首次出版了《地球号太空船操作手册》

（Operating Manual for Spaceship Earth）一书，并且表示对NASA 的太空项目感到难以理解，因为人类本来就已经身处太空之中了。或者就像与他同时期的马歇尔·麦克卢汉在四年前表述的那样："在地球飞船上没有乘客。我们所有人都是船员。"

黑天鹅

日新月异的变化，往往在一瞬间就能将经济的枝桠晃得猛烈摆动甚至折断。为了比数字或图表更形象直观地表现这一点，企业总会在制作幻灯片时用上几张图片，它们能令人印象深刻地意识到，技术革新是怎样更替或者取代现有经济模式的。比如一张拍摄于 1920 年之前的纽约百老汇的照片中，几辆汽车身处在一片马车的汪洋里。十年后，人们在清一色的钢铁板之间几乎已经找不到马匹的身影。另一张照片拍摄了圣彼得广场上人群的背影，他们正盼望着秘密会议选举教宗的结果揭晓。2005年本笃十六世当选时，人们在黑暗中统一举着烛光。2013年则是几千部手机被不耐烦地高举在空中，屏幕照亮了圣彼得大教堂前的整片场地。

传统企业对无法事先预见的事件毫无准备，从而导致无法估算的后果。这一过程在经济学中被称为"黑天鹅理论"。显然，没有人能够事先预知"黑天鹅"的存在，而飞速的变化使人几乎没有时间适应新情况。例如在十九世纪末欣欣向荣的冰块贸易，仅在美国就有九万人在从事这一行业，年销售额几乎相当于今天的十亿美元。其商业模式的核心，全部在于如何最快、最高效地将数十万吨的冰块从北方高地的湖泊运送到美联邦各地的医院、食物储藏室、商店和酒吧。为了赢取微弱的竞争优势，人们煞费苦心，不断缩短运输时间。怎样提高切冰工具和采冰钳的效率？运冰应该用四驾马车，还是六驾马车，甚至八驾马车？应该在何时何地怎样把冰块装上火车？然后，有人发明了冰箱。它突然出现，杀得片甲不留，没有人能事先探测到这场战役的走向。除了专业杂志《冰块贸易期刊》（Ice Trade Journal）改名为《制冷世界》（Refrigerating World），一切都成了过眼云烟。

当黑天鹅来临，成功并不是保护伞。恰恰相反，成功教人自满，而且常常使得当局者迷。生意做得好的人，往往不愿听取他人的意见。毕竟目前一切顺利，有什么好改变的呢？建设性的批评变成了白噪音，合理的警告变成了乌鸦嘴。异想天开、自大自满最终都可能导致决策错误，这是诺贝尔经济奖得主丹尼尔·卡尼曼的看法。在《思考，快与慢》（Thinking, Fast and Slow）一书中，除了快速、本能、情绪化的思考以外，他阐明了缓慢、审慎、理智的思索过程的根本意义。然而，对日常业务的依赖，利润和收支平衡表的苛刻指标，商业指数实时的瞬息变换，这些却要求大部分决策都要在电光火石间迅速做出。若不给马儿戴上眼罩，让它专注前方，它根本无法从一个季度数据沿着陡峭的折线飞奔到下一个季度数据。时间是最短缺的资源。"忙者生存"法则需要人们付出代价。杂志《哈佛商业经理》（Harvard Business Manager）表示，成功的时间管理是目前首席执行官们面临的最大挑战。虽然同时已经有无数种建议，教你如何更快地思考、更快地阅读、更快地决策，大部分还充斥着神经科学的最新研究成果，然而，大肆宣扬节省时间和只争朝夕的人，都低估了一个极为重要的东西——知识，通过经验、技术和常年的专业知识积累才能得到的深度知识。那种送上门来的随时可以获取的信息流，和这种基础深厚的知识是无法相提并论的。哲学家奥多·马夸特曾说："未来需要由来。"翻译成经济语言，这句箴言指的就是彼得·施瓦茨在《前瞻的艺术：不确定世界中的未来规划》（*The Art of the Long View*：*Planning for the Future in an Uncertain World*）所说的"情景计划"。只有在变化的情景中能够根据深入了解并超前思考的人，才有可能预见黑天鹅。这样的人很灵活，可以参与突然出现的变革，或者至少可以应对它并顺势改变自己的商业模式。

然而在经济中，源远流长不是规律而是例外。在日本也许有几家旅店和糖果厂，在德国有葡萄酒庄和啤酒厂，或者在爱尔兰阿斯隆有一家经营了一千多年的酒吧。

还有一些十七世纪成立的银行和保险公司，至今还在德国 DAX 指数中进行交易。但这显然不能掩盖一个事实：上市企业的平均寿命不超过五十年。自从纽约证券交易所于 1903 年在华尔街开张以来，像爱迪生联合电气或者纽约银行这样从一开始就位于其中的股票，寥寥可数。但到底是什么造就了这些久经沙场的老将，除了无与伦比的好运气以外？在史蒂夫·乔布斯这个例子中，答案很明显——是坚持到底的毅力，使奋发向上的企业家和初创公司有别于那些昙花一现的创业人。坚韧的品质使长久的成功成为可能，大部分人只是放弃得太早了。爱做梦的人，虽然不至于像赫尔穆特·施密特曾经说维利·勃兰特的那样，要去看医生，但有梦想的人有的是，而仅仅只是有梦想是不够的。更重要的，是长期不懈的坚持。美国心理学家安杰拉·达克沃斯尝试在她的畅销书《坚毅：释放激情与坚持的力量》（Grit: The Power of Passion and Perseverance）中证明，生产力与成功并非取决于天赋、漂亮的长相或者高智商，而是更多取决于远期目标以及失败后再次出发的能力。人生不是一次短跑，而是一场马拉松。在长跑中，需要的是耐力，以及沉静。在运动中，人们早已知道恢复期对取得好成绩的重要性。在训练周期之间必须有休息时间，肌肉才能较好地生长。我们可不能每天都去健身房。耐力需要静置时间。一些习惯了成功的企业似乎已然将这条规律学以致用了，例如谷歌，它在成立之初就允许所有员工加入 20% 时间制，在每周拿出工作时间的五分之一当作业余时间。远离工作压力，放松一会儿，由此激发员工的创造力和创新思维。很多硅谷内外的公司都采用了这个成功模式。毕竟，多亏了 20% 时间制，才有了谷歌新闻、Gmail 邮箱、广告服务商 AdSense 等等高收益的子公司。曾长期任职谷歌副总裁的玛丽莎·梅耶尔却在后来曝光"关于谷歌 20% 时间的肮脏秘密，那就是 120%。"那 20% 的时间其实只能用于思考谷歌在哪里可以获得最大收益。而且所有满足了这个前提才能得到的自由时间也绝不可以在正常工作时间之内使用，而只能是在工作之余挤出来的。顺带一提，谷歌是 2004 年才上市的。也许当你怎么都看不到黑天鹅的时候，你自己就是那只黑天鹅。

永恒

在巴黎一栋楼房的楼梯间里，安妮·萨克雷路过的一户人家正敞着房门。那家人刚吃完晚饭，父亲是虔诚的新教牧师，他的孩子们围坐在桌边。1863 年，二十多岁的萨克雷出版了《伊丽莎白的故事》（The Story of Elizabeth）。每次当别人问起，她是从哪里得到灵感，写出这样成功的小说，以及她自幼在伦敦长大，为何竟如此了解加尔文宗的教会规定，她总会提到这一瞥，提到她看向陌生人的家里时一晃而过的印象。不过这段轶事之所以为人所知，全靠亨利·詹姆斯在小说出版二十多年后将它写进了文章《小说的艺术》（The Art of Fiction）里。虽然他认为作者是"天才女子"，但他描述萨克雷的经历主要是为了说明另一个观点。詹姆斯认为，作者应该只写个人的经历。如果一个人的想象力特别富有创造性，那只需短短一瞥便能有极其深刻的认识。肤浅的灵魂写不出优秀的小说，作者在作品中必须将内心坦率示人。但写作时却不一定要花几年时间做调研。亨利·詹姆斯本身作为十分高产的作家，也没有做研究的时间。他在出版了二十多部长篇小说、几百部短篇小说、大量非虚构作品、传记、游记以及文学艺术理论之外，还留下了一万多封书信。二十世纪初，晚年的他在纽约的出版社重新出版了之前的短篇与长篇小说，在新书的前言中，他再次提到，所有的文学艺术都应当从个人经历出发。他说那是一颗"种子"，一个"粒子"，或者说是"一小颗金子"。在席间偶然蹦到耳朵里的几个词语，其"精华"可能足以发展成几百页的文章。包括莎士比亚也曾表达过和詹姆斯所说的"萌芽"同样的意思，他笔下的哈姆雷特曾说："即便我困在坚果壳里，我仍以为自己是无限空间里的国王。"詹姆斯以及莎士比亚二人，得一芥子而作宇宙，见一叶而知秋。

詹姆斯·乔伊斯在人物创作中也秉承了类似的思想，采用了宗教中天主显灵的概念，也就是让神以人的形象出现。乔伊斯用这个表达描述获知意外信息时的顿悟，以及一个人真实本性揭露的瞬间。在乔伊斯之前，只有费奥多尔·陀思妥耶夫斯基在《罪与罚》中能够用寥寥几行就将这种思想展现得淋漓尽致。说来这也是一个在楼梯间展开的情节，只不过在这里，是拉祖米欣突然得知他的同学拉斯科尔尼科夫真的对两个老太太下了杀手："走廊里黑黢黢的，他们站在灯旁，两人默默地对视了大约一分钟。拉祖米欣一辈子都忘不了这一分钟。拉斯科尔尼科夫那灼灼发亮、全神贯注的目光似乎随着每一瞬间而越来越锐利，直射进他的心灵，穿透了他的意识。拉祖米欣突然颤抖了一下，仿佛有个什么奇怪的东西从他们中间穿过……一个什么念头一闪即逝，似乎是一个暗示，这是某种骇人听闻、荒谬绝伦而且突然之间双方都心领神会的东西……拉祖米欣的脸色突然变得像死人一样白支支的。"① 莎士比亚、詹姆斯、陀思妥耶夫斯基、乔伊斯，他们从一个眼神创造出一个世界，从微小的一方天地创造出无边无垠。他们不知道什么叫作推迟或者拖延。"去，去！别懒散地坐等时间流逝——/我们必须利用剩下的每一秒钟。"莎士比亚在喜剧《爱的徒劳》中，让那瓦国王腓迪南按部就班地说出了这句话。他清楚地知道，个体在世界上停留的时间有限。莎士比亚并不在意人生的长短——他同样也不看重人生的功绩，无论这人是成就了怎样的奇功伟业。通过麦克白之口，他表述了这样的想法："人生不过是一个行走的影子，一个在舞台上指手画脚的拙劣的伶人，登场片刻，就在无声无息中悄然退下；它是一个愚人所讲的故事，充满着喧哗和骚动，却找不到一点意义。"②

即便是写了麦克白所说的这番话，莎士比亚也没有停止对永恒的思考。此举在同行中绝不算是特立独行。

---

① 引自：《罪与罚》，曾思艺译，浙江文艺出版社，2016。
② 引自：《麦克白》，朱生豪译，译林出版社，2018。

十四世纪就有但丁·阿利吉耶里，在《神曲》中区分了天堂的永恒与地狱的永恒。地狱意味着永无止境的折磨，而天堂，则意味着歌德笔下的浮士德所祈求的那种瞬间持续到永远，他为此与魔鬼签下契约："停一停吧，你真美丽！"莎士比亚也曾试图借情诗的词句，不让女友的美貌消逝（一说是男友，研究者对此持不同意见）。然而，终究是肉体的美好早已不再，而诗词本身经久流传。他著名的十四行诗这样结尾："但是你永久的夏天决不会凋枯，/你永远不会丧失你美的形象；/死神夸不着你在他影子里踯躅，/你将在不朽的诗中与时间同长；/只要人类在呼吸，眼睛看得见，/我这诗就活着，使你的生命绵延。"① 至于永恒本身，在文学中呈现得最为直观的，便非乔伊斯 1916 年出版的《一个青年艺术家的画像》莫属。严厉的拉丁语教师阿纳尔神父讲的一次布道把学生们搞得晕头转向。他让学生们想象，面前有一座巨大的由沙粒堆成的高山，从地下直耸入天边。他们要再将沙粒的

---

① 引自：《莎士比亚十四行诗集》，屠岸译，上海译文出版社，2016。

数量乘以树叶、水滴、鸟的羽毛、甚至是上帝所有造物的原子的数量。然后，他们要想象，"每隔一百万年将有一只小鸟飞到这山上来用它的嘴衔走山上的几颗沙粒。那将要经过多少百万个世纪那只小鸟才能把那座山衔走，哪怕是一立方英尺那么一块地方呢？要多少千百万年、千百万个世纪它才能把整个山衔走呢？然而在我们刚才所说的这个无限长的时间结束以后，对永恒来讲，却是连一分钟也不曾减少。在那无数亿万年、无数兆万年之后，永恒几乎还没有开始。而如果那座山在被完全衔走以后又长出来，如果那鸟又来一粒一粒地把它全部衔走而它又长了出来，如果这座山这样一长一落，经过的次数像天上的星星、空气中的原子、大海里的水滴、树林里树叶、鸟身上的羽毛、鱼身上的鳞片、兽身上的毛发一样多，而在这无比巨大的高山经过无数次的生长和消灭之后，永恒也仍然不能说已经减少了一分钟。"①

---

① 引自：《一个青年艺术家的画像》，黄雨石译，江苏凤凰文艺出版社，2018。

沥青滴落

新年集市、游乐场、过山车——早在收音机、影院、电视机、网络、社交媒体出现之前，一年一度的嘉年华才是人们休闲玩乐、消磨时间的去处。用今天的眼光来看，这些庆典上往往会有一些十分不妥当的娱乐项目。直到二十世纪初，人们还在从非洲殖民地把整座村庄连同村民一起掠夺来，打着科普人种的旗号将他们当作展品展出。畸形秀和珍奇屋则毫不掩饰地展示残疾或畸形的人，满足观众的窥探欲。与此同时，对各种知识自以为是的歪曲自然也不鲜见。珍奇屋后来演变成了欧洲的公共博物馆，它们的历史能追溯到五个世纪以前，而之后的狂欢会、小丑、流动马戏团这些东西则只继承了其外表。在喜剧演员卡尔·瓦伦丁的收藏中，有一份四页纸的《农民博物馆导览》（*Führer durchs Bauern-Museum*），记录了1911年啤酒节期间的一次展览。"不苟言笑者勿进"是本次展览的口号，展厅分为两个部分，总共可以看到六十一件展品，包括《蒙特卡洛银行》《一把旧笤帚》《蒙娜丽莎——从巴黎卢浮宫偷来的》《一万一千贞女找寻贞洁时打的灯笼》《一颗旧螺丝》。至少到了十九世纪中期时，讽刺或幽默的艺术展就已经成了慕尼黑的传统。这些展览用大量的文字游戏取笑着每年的工业行业展。它们的导览手册上也写着"旧破烂，收揽自全国的少女、年轻寡妇、女艺术家，等等，等等，等等"或是"全德国各行各业的倒霉事（Pech），有政治的也有文学的"。

就让我们来说说 Pech 这个词。不说它引申出来的含义和俗语，比如倒霉鬼（Pechvögeln），或者说两个人感情好得"如胶似漆"（Zwei wie Pech und Schwefel），单是字面意思"沥青"所指的材料以及它的粘稠度便值得一提。人类自从一万年前就开始使用这种焦油状的物质，根据圣经的说法，它还被用在了诺亚方舟和巴别塔的建造上。在常温下，沥青的坚硬程度看起来与石头不相上下，但它并非真的坚如磐石，而只是比蜂蜜更粘稠个两百万倍。为了证明这一点，在1927年的澳大利亚布里斯班，任职昆士兰大学的物理教授汤马斯·帕奈尔将加热后的沥青倒进了一个漏斗。他将漏斗密封好，让沥青静置在里面冷却了三年，而后再将它架在一只烧杯的上方。帕奈尔想要证明，这种人们自以为了解的物质，其实会表现出与一般理解完全不一样的性质。在1930年到2014年间，有九滴沥青从漏斗颈部滴落进了烧杯里。自从1988年实验室装了空调，滴落的间隔从八年延长到了十二年。这成为了吉尼斯世界纪录中"耗时最久的实验"。而对于滴落间隔时间的延长，都柏林三一学院的学者可能比布里斯班的研究人员更紧张。因为那里的爱尔兰物理诺贝尔奖得主欧内斯特·沃尔顿，在1944年安排了一套十分相似的实验装置用于长期观察。而且他们做到了澳大利亚原版实验没能做到的——在 2013 年 7 月 11 日下午 17 时左右，他们成功拍摄到了沥青滴落的实际过程。至今已经有数百万人在 YouTube 上观看过快进后的录像，从《华尔街日报》到《印度时报》（Times of India），全世界都详细报道了这一成果。现在爱尔兰和澳大利亚是要比拼谁先滴落下一滴沥青吗？原版和复制品之间要竞争谁的意义更大，获得更多关注吗？"沥青滴落的时候，我们第一个电话就是打给布里斯班的同行的。他们应该最先从我们这里得知这个消息，而不是在媒体上看到。"都柏林大学科学教育专业的教授谢恩·伯金这样说道，仿佛这是好莱坞明星在打离婚官司。他预计下一次滴落是在 2022 年到 2024 年之间。而布里斯班的漏斗下方，已经凝聚了一滴球形的液珠。根据谨慎的估计，第十滴沥青应该还是会在 2026 年之前落下。对于关注此事的人们来说，赛况依然扣人心弦。

都柏林的沥青滴落实验装置曾在储藏室的架子上积了几十年的灰，如今则在大学图书馆公开展出，就放在

《凯尔经》（Book of Kells，一部绘制于公元八百年的爱尔兰国宝）旁边。而布里斯班则在这期间添设了网络直播，有来自一百六十个国家的三万五千多名观众订阅了频道。"这肯定是网上能看到的最无聊的视频。"安德鲁·怀特笑着说，他是该校量子物理工程中心的总监，也负责沥青的顺利滴落。他们的装置自从 1927 年就放进玻璃柜重点展示，陈列在以实验创始人帕奈尔命名的大楼的厅堂中，所有人都可以参观。与都柏林不同，这里将之前所有滴落下来的沥青都放进了另一个容器，放在旁边一起展出。"各地的游客看到都很感动。第一滴沥青落下时，还是他们曾祖父甚至高祖父的时代。上一滴沥青落下时，他们自己可能才在上小学。"怀特自豪地说，"最令人感慨的是，澳洲大陆每年还在向北移动 6.8 厘米。我们是所有大洲里最快的，也就是说我们脚下土地移动的速度，比我们此时正在观测的沥青还快十倍。"

如果觉得这些变化过程还是太快，那么去一趟汉堡艺术馆一定会不虚此行。艺术家博戈米尔·埃克的作品《滴水成石》（Tropfsteinmaschine）自 1996 年 12 月开始在那里展出。这座雕塑贯穿了所有的楼层，根据与汉堡市镇府的约定，将一直展出至 2496 年。屋顶收集雨水，流至一楼浇灌兰草，水流通过富含石灰的土壤，继续流入陶瓷制的毛细水管。按照计划，在艺术馆的地下室，一根人工石笋将自下而上生长，另一根钟乳石则自上而下，在五百年里它们将逐渐向彼此靠近。在此期间，观众可以在开放时间里观察到，每隔三分十秒，会有一颗小小的水珠从天花板内的水管滴落到地上一块静置不动的石板上。

可持续发展

　　瑞士最古老的家具厂在 1880 年成立于苏黎世的豪尔根市。如今厂里使用的树木，大部分正是在那个时候种下的。这里有山毛榉、橡树、黑胡桃这样的珍稀树木，也有白蜡、樱桃树。在近一个世纪，瑞士这一个州的树木都由这一家族企业种植。林木业的关键在于可持续发展。这个近些年来在企业经济学中用得愈加泛滥的概念便是由此而来。林地持续使用的前提，永远是砍下多少树，就要种上多少树。人类学家格雷戈里·贝特森曾对老嬉皮士斯图尔特·布兰德——他也是一位环境活动家——讲过一个故事，说的是牛津大学圣玛丽学院食堂顶上粗壮的橡木梁。学院成立于 1379 年，其华丽宏伟的食堂大厅和《哈利·波特》中霍格沃茨的食堂相仿。可在十九世纪末的时候，老旧的梁木遭到大量虫害，亟需更换。学校管理处立即找到了林场场长。场长将学校工作人员领上一条小路，穿过树林，来到了牛津地产上的一小片橡树林。"千万不要砍伐这些橡树，它们是专门为食堂大厅准备的。"五百多年来，护林员也许就是这样口口相传。还有在十八世纪初，建筑师为英国贵族建造庄园时，他们往往会在一步之遥的空地上，用大拇指将种子按进湿润的土壤。他们知道，这片苗圃将在几百年后长成大树，在某一天，它们的树干将会换下主屋房顶已然腐朽的木架桁梁。

"我的草坪要再养两千年才算得上是勉强能看。"在漫画《阿斯泰利克斯在英国》（*Astérix chez les Bretons*）中，作者勒内·戈西尼给笔下的一位英国人安排了这样一句台词，而这人站在芦苇顶的房子前，竟然在用一把迷你的小镰刀一根一根地修剪草茎。不过，花园、森林、田园不仅仅是为了美观好看，它们也有经济上的作用。木材植被、蔬果花卉的交易有十分丰厚的利润。近来，森林还成为了离城市不远的疗养胜地，而对国际旅游业来说这就是资本，由此，像苏格兰这样的国家便有意识地明确植树造林的目标，尽力为国际游客打造一片更有魅力的风光。在这一过程中，苏格兰林业部门请到了艺术家奥拉夫·尼古拉来创作一件命题作品。于是尼古拉提出，在朝塞斯山谷砍伐的树木中，对待用来生产防风火柴的木材，应当采取英格兰北部野外烧烤时使用木料的办法。顾客每买一盒火柴，就会为苏格兰的植树造林计划贡献一点资金，生产火柴时每砍一棵树，都要补种两棵新的桦树或者苏格兰松。可持续的林业和农业永远都是造福后代的。然而，并非所有地方都能顾及到生态平衡的需要，这也是事实。从罗马时期意大利砍伐森林，到现如今焚烧雨林开垦耕地，人类一直在剥削大自然，而没有担负起帮助它再生的责任。凡是将一颗种子埋进土壤的人，必然是心存未来的，不管他想象中的未来是乌托邦还是反乌托邦。"即使明天是世界末日，我也要种我的苹果树。"这句话是路德的名言，但是其出处其实还有争议。同样不确定来源的还有这句谚语："即使明知自己没有机会在树荫下乘凉却依然栽下树苗的人，至少已经开始理解生命的真谛。"这或许是一句希腊的俗语，或者是美国贵格会教派的教义，抑或是印度作家拉宾德拉纳特·泰戈尔的箴言？而勒内·笛卡尔的这句话是写进了书里的——他在 1637 年就已经在《谈谈方法》（*Discours de la méthode*）中探讨了行事与思考跨越代际的重要性："因为固然人人都应当尽力为他人谋福利，独善其身是毫无价值的；可是我们也不能目光短浅、只顾眼前，如果高瞻远瞩，放弃一些可能有益于今人的事情，去从事一些给子孙万代带来更大利益的工作，那也是很好的。"[1] 虽然笛卡尔在这里讨论的主要是如何处理他的精神遗产，但他目光长远的思考方式也证明了，可持续性不一定仅仅局限于自然界生长的物质。看法一致的，

---

[1] 引自：《谈谈方法》，王太庆译，商务印书馆，2011。

还有邓库姆公园的费弗舍姆男爵。在二十世纪末的一个雨天，当一群学生在他的领地上散步时，他指着建于1713年的庄园，给他们看屋顶刚刚铺好的铅板，说道："市场上有三种品质的铅板。便宜的够用五十年，中等的能用一百年，最贵的能用两百年。我是个穷人，所以我当然买质量最好的，因为它平均一年的价格是最便宜的。"

一旦了解资源的稀缺，就会更加震惊于当今消费社会的现状。许多商品在售出时，其中的一些部件本就易于损耗，还有一些产品从设计之初就注定了无法维修，以促使消费者尽快购买新品。同样，废旧材料也很少能够循环使用。一万年来形成的对人与物关系的认知，就这样在过去的一百年中逐渐冰消瓦解。类似的事情也发生在建筑领域。土木建筑学科将设计与执行分离了开来。建筑师再也不用为明日未雨绸缪。在这个可以用粘合剂黏贴、用发泡剂填充孔洞的时代，修理的可行性也不再属于验收标准——西尔克·朗根贝格这样写道。这位瑞士的文物修复师及建筑教授著有《修复：对思考与实践的号召》（Reparatur：Anstiftung zum Denken und Machen）一书，她希望这本书也能够从经济与生态两方面为循环再利用发出呼声。此外，当一座建筑成型，无法再接触到封装前的接口时，也很难取得建筑的原始材料。物质过剩的社会弥漫着喜新厌旧的心态，没有人会考虑天长地久。奥运会或者世博会举办后，活动用地荒废、闲置只是最为显著的例子。建筑师设计房屋时考虑的是合同期限，而非世代传承。在超级城市与国际大都市中，已然有人们不得不自己搭建遮风挡雨的栖身之所。超市中的蔬果往往也不再顺应节气。人造灯光让白天与黑夜的区别变得多余，正如空调与暖气模糊了四季的分界。确实，现在有"创客运动"（Maker's Movement），有"DIY"活动及其亚文化，很多人认为，这些已经宣告了新工业革命时代的到来，城市规划、生产方式以及消费市场将愈发注重可持续、地区利益和共赢。而尽管城市化不断发展，富有责任感的建筑师依然建造了可持续城市与智能房屋，能够百分之百依靠可再生能源运作，让我们在大城市也能够再次与自然、与邻居和谐共处。因为交往

万物有时

的深度正是人际关系可持续性的含义，思想交流与日益增进的信任则是它的养料。这也正是建筑评论家、社会学家刘易斯·芒福德 1937 年在《城市是什么?》（What is a City?）一文中提出的要求。如果全世界每个角落都会成为城市，那它绝不能替代人与人之间的互动交流，而是必须为人际互动提供条件，甚至最好能增进人们的交流。曾几何时，人类社会的悲喜剧在森林、山洞、大草原上演，在后工业时代，最好的情况下，大城市的建筑将同样能够提供可持续发展的舞台。

一日已千年

　　根据福布斯排行榜，亚马逊的创始人兼 CEO 杰夫·贝索斯自 2018 年以来，就以一千一百二十亿美元身家位居世界首富。《纽约时报》在多年前曾测算过，如果一个人能够拥有五十亿美元用于自由支配，那么他可以买来世上任何东西——毫不夸张，真的是任何一样东西。可以买一支足球队，买世界上最长的游艇、有史以来最长的游艇，买飞去月球的船票——没有什么是买不起的。这种时候，即便是 1814 年制的宝玑 2667 号秒表，

124　　　　　　　　　　　　　　　　　万物有时

百达翡丽的 18k 金计时码表，或者 1971 年的劳力士独角兽，又怎么会使人满足？尤其是它们在拍卖会上的竞价都远低于一千万美元，而花上大约四千两百万，就可以请人定制属于自己的时钟。尽管这独一无二的定制品完工后将超过一百五十米高，恐怕不适合戴在手腕上了。这便是杰夫·贝索斯正在建造中的工程。"今日永存之钟"（The Clock of the Long Now）将作为"长线思考的象征与标识"，计时一万年。它依靠机械驱动，配置巨大的齿轮，无需修理说明，使用的材料还不能吸引未来的偷盗者。由此，贝索斯付诸实践了发明家及电脑工程师丹尼·希利斯在 1986 年提出的想法。项目的执行方是位于旧金山的公益组织——今日永存基金会（Long Now Foundation），一家致力于远期项目计划及长期档案储存的创意智库。英国音乐家布赖恩·伊诺为万年钟谱写了报时的钟声，也是他发明了"今日永存"（Long Now）这个概念，应对如今这个加速太快的时代的"活在当下"（Short Now）。不过，抛开各种高端的理论不谈，"今日永存"这个名字本身听来却有些无所适从。它的重点到底是什么？是长远的未来还是现在？未来不正是源源不断地变成今日，最终又成为过去？今日无限遥远地延长难道不是一个令人恐惧的念头？理查德·大卫·普莱希特将如今这个遗忘历史的时代称作"现时的绝对独裁"，我们既不知晓历史，也不愿展望乌托邦的未来图景。历史学将"longue durée"——长时段——作为理解人类历史的重要研究方法是有道理的。在"今日永存"这几个字中，这些思考消失了。只有对时代进程长期持续的研究，才能展现社会、政治、文化、经济的基本结构。

再者，几千年来人类一直随着大自然的节奏繁衍生息，这在全世界重要的建筑文物以及文化遗址中都有所体现——巨石阵依照冬至与夏至的方向排布，奇琴伊察的库库尔坎金字塔根据昼夜平分点的方位建造。欧洲中世纪晚期，教堂钟楼的钟鸣决定了农民在田间劳作的日程安排。而从古典时期一直到十九世纪，都是太阳决定着一切事物的发展。直到机械表发明后，时间才被分割成了一段段极短的间隔。十九世纪八十年代，美国工程师弗雷德里克·W. 泰勒用秒表进行"时间研究"，用机器的工作效率标准来衡量工人的速度。"人们手里拿着钟表进行思考，有如人们中午用餐，眼睛却盯着证券报——人们活着，仿佛人们不断地'能够耽误'某事。"① 弗里德里希·尼采在《快乐的科学》（Die fröhliche Wissenschaft）中写道。似乎，他当时就已经对 FOMO 心理导致的痛苦了如指掌——这是"Fear Of Missing Out"的缩写，也就是害怕错过，是随着社交网络发展才出现的现象。但尼采抨击的不止于此："现在，真正的德性就是在比别人更少的时间内做某事。"② 在 2014 年俄罗斯索契冬奥会上，一千五百米速度滑冰的金牌和银牌之间只差了千分之三秒。而阿秒则又是百万分之一秒的百万分之一的百万分之一，这一单位在激光技术中用于对原子层面基础原理的理解。可这一切终将带来什么？"时间，时间，时间。人类对时间最是束手无策。"博托·施特劳斯在小说《年轻人》（Der junge Mann）中

① 引自：《快乐的科学》，孙周兴译，上海人民出版社，2020。
② 同上。

写道，他呼吁另一种钟表，"将我们从固执地不断追随指针前进的旧观念中解放出来。我们需要一圈只在过去与现在之间循环的线路。"夏尔·波德莱尔为世人展现了这段线路的诗意。在《恶之花》的诗篇《灯塔》（Les Phares）中，他列数了许多画家，从鲁本斯到米开朗基罗，从戈雅到德拉克罗瓦，他与他们无尽畅谈。就如同暗夜中照亮了海岸的灯塔，依靠文字与图画，我们可以随时跨越几百年、几千年，与早已逝去的前人倾心交谈，广博学识。

"时间是什么？瞬息之间，钟声当当，一日已千年。"七十年代末，乌多·于尔根斯唱响了卡通片《很久以前有了人类》的主题曲。如果不是从今天往后数到"今日永存之钟"走不动的那一天，而是往前数一万年，那便是最后一个冰河纪的末期，也是全新世的开始，彼时猛犸象、披毛犀、剑齿虎、洞狮刚刚灭绝。而不到三千年前，古罗马的将领正从沙场凯旋，游行队伍穿城而过，身后的奴隶在凯旋者的头顶上方举起桂冠，同时不断地对他耳语一句话："Memento moriendum esse!"——"记住，你终有一死！记住，你终有一死！记住，你终有一死！"贝索斯的钟位于德克萨斯州西部代阿布洛山脉，安置在地底深处的通道中，完工后，除了正午响起的乐音，万年钟每年只会报时鸣钟一次，据说这样，人类几乎可以一直听得见它的耳语。

樱花

　　写时间，写历时久远之物，是万万不能不提日本的。这个国度可说的太多太丰富，反倒要收敛些，避免滔滔不绝，毕竟应该由静默指引人生的方向，多些沉思时的凝神静气，少些耸人听闻时的大惊失色。只是，该从哪里说起呢？又该说到哪里结束？我们就从樱花开始吧。每年到了传统的"花見"时节，日本各地的人们都会欣赏国花美景，在满溢淡粉的枝桠下铺开野餐布，庆祝春天的到来。而自从有这种习俗以来，古代都城京都便开始记录第一朵樱花绽开的日期。最早的记载出现于公元八世纪，并且文献留存至今。如今依靠着这些历史资料，气候及气象学家了解到，自1971年以来樱花的开花日期比1300年平均提早了一周，即在四月初就开放了。而欧美进行的农植物实验虽然也历时漫长，与之相比则黯然失色。比如在萨勒河畔哈雷市广袤的田野中进行的黑麦种植长期实验，从1878年秋天开始后从未中断，以求研究不同肥料的长期影响。仅仅一年后，美国的植物学家威廉·詹姆斯·比尔在密歇根州立大学的植物园中，埋下了20瓶各种植物的种子，试图测试种子在多年后的活性。下一瓶种子将在2020年打开，整个实验将在2100年结束。当然这些都是题外话了，让我们再次回到这个太平洋的岛国，那里还有许多故事要说。不过，离题这个行为本身和日本让人联想到的永恒与静谧也有些关系。因为转瞬即逝，总是只存留片刻，无数事物反而显得更为美好——就像年复一年尽情绚烂绽放的樱花。或者因为纤弱、易碎，明知此物无法久留，所以才有当下的喜悦。

在东京高楼大厦之间的尘嚣中，游客也许无法立刻感受到这一切，那里有将近四千万居民，是全球人口密集程度数一数二的地区。但切勿被流行文化的花哨与喧闹分散了心神，只要去寻觅就一定能找到——静谧就隐藏在其间。也许是在涩谷区明治神宫的庭院内与世隔绝的一隅；也许是在龙安寺的石庭之中。这座始建于十五世纪晚期的寺庙坐落于京都，一座如今拥有百万人口的大城市。石庭中无水，无草，无木。地上的鹅卵石用耙子一丝不苟地整理成了平行线，组成长方形，上面静静地躺着十五块大石头。但不管从哪个角度看，都至多只能看到其中的十四块石头。在佛学中，数字十五象征着圆满。自然，身处此时此地是难以达到的。而在东面仅仅几千米远的地方，就是禅宗寺院银阁寺。在银色庙宇的边上，是一座在江户时期早期堆建起来的圆台，它在四百年间被慢慢地修整成了现在的形状。当欧洲在焚烧女巫、三十年战争在肆虐，当印度建造起了泰姬陵，就在同一时期，就在这间寺庙中，僧人已然在一层一层地堆积着沙粒。这座脆弱的沙堆名叫"向月台"，或许它象征着富士山，又或许像名字所说的那样，它是一处赏月之地。

　　枯山水也好，茶道也好，还有日本的彩色木版画"浮世絵"，以及昂贵的花道"生け花"——这一切都在缺憾中寻得高雅，在留白中成就和谐。没有什么是长久的，没有什么是不变的。"物の哀れ。"万物终将消逝。完满不是人为求得来的，它只能在漫长的时间过后自然而然地浮现。要接受不可预见，接受衰老，接受斑驳。平静之中的美好，旧物磨损的雅致。无欲无求，朴实简单，远离炫耀与浮夸。二十世纪三十年代，《阴翳礼赞》的作者谷崎润一郎在书中赞美阴暗，批驳光彩夺目、闪闪发亮之物，批驳西方洁白的餐具以及灯火通明的角落。"无论天然宝石还是人工器物，肯定都带有令人想起那个时代光泽的云翳。中国有'手泽'一词，日本有'习臭'一语，长年累月，人手触摸，将一处磨亮了，体脂沁入，出现光泽。西方人将污垢连根拔除，相反，东方人对此却加以保存，并美化之。我们爱附着了人的污垢、油烟、风沙雨尘的东西，甚至于爱能唤起对它们的联想的色彩和光泽。"[1]

上世纪八十年代,安迪·沃霍尔曾在日本电视上为TDK公司的录像带打广告。他用磕磕绊绊的日语列举了几种中间色的名字,来展现录像带质量优异。但谷崎润一郎的那段话更让人联想起他在一次电视访谈上,面对主持人咄咄逼问到底什么是波普艺术时,他顾左右而言他给出的回答。沃霍尔说,博物馆中一件艺术作品的价值,是可以通过作品前地板的磨损程度判断的。世世代代,有多少人曾站在那个位置上静静欣赏?地面的磨损,使得眼中所见更为崇高,使用的痕迹,让物品本身更为典雅。日本的美也正在于此,远离了所有的狂妄自大或自视甚高。无需布置佛像来宣告寻找到了人生的意义,或是在房间中摆弄什么异域的装饰,再或是在花园里组装从建筑市场买来的竹子、鹅卵石、枫树和石灯笼。尘世间的物质无法永驻,也没有什么能逃离时间长河的流逝。日本在十九世纪末欧化之前,那里没有分

---

① 引自:《阴翳礼赞》,陈德文译,上海译文出版社,2010。

钟，一个时辰相当于现在的两个小时。无论是小时还是时辰，一切都在变化之中，一切都是转瞬即逝，就像樱花一般。"一期一会"，日本人这样形容相遇时唯一的、偶然的、永远不会再现的时刻，一个无法复制的时刻。

于这一切来说，最强烈的情感——爱——又当如何呢？若说此刻的承诺永远无法再履行，一见钟情还会存在吗？日本古老的文字告诉我们，等待真爱出现，有时需要耐心。在公元 1000 年左右，女作家，同时也是京都宫中女官的紫式部写就了一部爱情史诗《源氏物语》，很多文学研究者甚至认为这是人类历史上第一部长篇小说。如今能找到的最早的文稿来自于十二世纪，作为国宝收藏于名古屋以及东京的美术馆中。自然，故事围绕着男女展开，或者对于源氏来说，是围绕一个男人和许多女人展开。但要寻觅到称心如意的佳人，要找到真爱，那便像小说开篇时左马头所提醒的那样，需要许久了。太多东西需要仔细考虑，要在短暂易逝的人生中做出最重要的决定，需要时间也需要毅力。最后，紫式部让书中的整整一回都完全是空白。"雲隠れ"，或者说"隐蔽的云"，这一回覆盖了将近十年时间，而源氏之死就发生在其间。留白，往往需要最大的勇气。

匆忙年代

　　对于一介伟人来说，最糟糕的事情，除了被忘却，恐怕就是在故去后却仍然总活在传闻轶事里——比如艾萨克·牛顿和他的苹果，马丁·路德和他的墨水瓶，苏格拉底和他的毒参汁，第欧根尼和他的桶，哥伦布和他的鸡蛋，梵·高和他的耳朵。其中，尤为深受其害的当属马塞尔·普鲁斯特。人生最后的十三年，他坐在床上，将膝盖弯起来当作桌子，写出了《追忆似水年华》。普鲁斯特生于 1871 年，1906 年搬进奥斯曼大道的公寓，1909

年开始写作。自此，他只为这本书而活。1914 年之后，他再也没有离开过巴黎，甚至很少离开自己的床铺，直到 1922 年，他在手稿的最后一页写下了"完"字，几个月后，便与世长辞。普鲁斯特的鸿篇巨著分为七卷，共有五千多页，出现了几百个人物。而普鲁斯特不过是在第一卷第一章的结尾，写到了"我"将母亲找人送来的糕点泡进椴花茶，打开了记忆的大门，使得原本早已遗忘的童年时光全然涌上心头。这段描写前后不超过五页，仅此而已。但也无需更多，就能把普鲁斯特永远只是和这种法国糕点玛德琳联系在一起；仅仅需要照片和图画作证，就能确定他从小被母亲溺爱，是个花花公子，还是体弱多病的社交名流，惯常疑心自己身体抱恙，而且对他也不必了解太多，只要知道他爱吃玛德琳蛋糕就好。甚至还有不少人以从未读过他的书而自豪。与此同时，又有许多知道并喜爱这部作品的人，将书中的主人公与作者划上等号，并因此产生了近乎病态的求知欲。他们又是猜测又是揣摩，似乎能揭露普鲁斯特生平的最后一丝秘密。有些尤为自作聪明的，甚至自称发现了普鲁斯特如何达到性高潮。

　　然而在普鲁斯特逝世后的五十多年里，他之前的管家塞莱斯特·阿尔巴雷特却一直保持着沉默。直到 1973 年，已是高龄的她出版了《普鲁斯特先生》（*Monsieur Proust*）。从 1914 年开始到雇主离世，她共任职 22 年。为了完成回忆录，她在五个月间录制了近七十小时的叙述，采访者乔治·贝尔蒙在前言中写道，她是用"发自内心的声音"在诉说。为何打破沉默？只因她实在不堪忍受普鲁斯特因为流言蜚语遭受不公，那些人几乎不认识他却靠他获利，他们所谓的回忆往往"想象力太过丰富"。毕竟，在那间二楼的小居室里，是塞莱斯特·阿尔巴雷特十年如一日地帮助患有哮喘的普鲁斯特熏蒸房间，而不是那些冒牌朋友。也是因为普鲁斯特的哮喘，房间里从来没有开过暖气，寒冷的季节全靠被褥、暖水瓶和烧壁炉过活。墙壁四周铺满软木板，透不进一丝外界的声音。蓝色的缎面窗帘将窗户遮得严严实实，绿色灯罩的床头灯是唯一的光源。如今，可以去卡纳瓦雷博物馆——也叫巴黎历史博物馆——参观用原家具重现的"chambre Proust"①。但如同在伯利恒参观马厩里的摇篮，在那儿并不能感受到场所应有的精神气质。大部分地方都是这样，相比出现在那里的人或物，地点本身总是要逊色很多。可以想见，位于柏林达雷姆埃伦贝格街 33 号的公寓房也同样平平无奇——1914 年初，阿尔伯特·爱因斯坦就是在那里思考着广义相对论，同时和妻子为婚姻争吵不休，背后还有两个小儿子在哭闹。

普鲁斯特一般在夜间写作，在寂静的一方斗室中，他惊异于这个时代的飞速变迁。马车变成火车，再变成汽车又变成飞机。大段的篇幅讨论着电话这个新发明。私下里，他从歌剧院订购了剧场电话服务，可以用听筒收听现场演出。但他在享受着这一切带来的便利之余，又说这是个"匆忙年代"，秒钟比小时还要金贵，我们感知到的时间间隔越来越短。"人们常说，简练的艺术适应于高速发展的时代。人们常常提醒，不要搞疲了听众的

———————

① 法语，意为普鲁斯特的房间。

注意力，仿佛我们没有广泛的兴趣，全仰仗艺术家来启发最高度的注意力。殊不知有些人读一篇平庸的文章，不到十行就累得打呵欠，但每年却要去拜罗伊特，听四联剧。"① 一千五百多页之后，作者告诉我们，当我们愿意全心沉浸其中时，"一个小时并不只是一个小时"。"它是一只玉瓶金尊，装满芳香、声音、各种各样的计划和雨雪阴晴，被我们称作现实的东西正是同时围绕着我们的那些感觉和回忆间的某种关系。"普鲁斯特在这里预见到了现代社会各种纷扰的危险性，它们无处不在，让我们忽视那些最重要的东西。对于普鲁斯特来说，最重要的就在于坚持不懈地探索，是什么造就了我们每一个个体。我们可以像一名"测探中的潜水员"那样，花上大把时间，带着应有的谨慎去寻觅心底最深处的所知所想："至于内心书本上的那些不认识的符号，这种阅读即是一次创作行动。所以，有多少人对撰写这样的作品退避三舍！每次事件，都为作家不去辨读这部书提供托

① 此处及本章之后的书中引文均引自：《追忆似水年华》，李恒基，徐继增，桂裕芳，袁树仁，潘丽珍，许渊冲译，译林出版社，2001。

辞；他们没有时间考虑文学。但这无非是些托辞。本能要求我们克尽职责，智慧却提供推卸职责的借口。只是在艺术中，托辞没有任何地位，意向则无足轻重，任何时候，艺术家都应听从他的本能，这样，艺术才成为最最真实的东西，成为生活最严格的学校，和真正的最后审判。"

把普鲁斯特当作人生导师？英国作者阿兰·德波顿的小书《拥抱逝水年华》（*How Proust Can Change Your Life*）就摘录了作品中许多人生哲理，其中有一整章讨论了如何放慢脚步，篇名即为《优哉游哉》（*How to take your time*）。德波顿一开头就谈及了阅读这部作品的一大障碍，即"普鲁斯特式的冗长句子"，其中最长的一句，要是把每一行首尾相接粘起来，"差不多要有四米长"，也就是"足可围着酒瓶底部绕上十七圈"①。在一切需求都可以被立即满足的快节奏时代，普鲁斯特和他的作品的阅读体验确实格格不入。这一点"巨蟒剧团"的喜剧

① 引自：《拥抱逝水年华》，余斌译，译文出版社，2010。

演员们一定很清楚，毕竟他们1972年制作的电视节目"全英普鲁斯特梗概大赛"在参赛者中就没能找到获胜者。他们的任务是将《追忆》的内容在预定的十五秒内概括出来，但无一成功。紧接着，随着主持人把奖品可以说是大大咧咧地颁发给了一位"胸部丰满的女士"，对重要事物的注意力被剥夺也得到了印证。但无论如何，普鲁斯特的弟弟罗伯特·普鲁斯特对他作品的评价都是不足取信的："除非有谁病得奄奄一息或是摔断了腿，才会有时间读《追忆》。"只是有一点需要明确，普鲁斯特绝不是仅仅拿来读的，你需要和他一起生活。因为随着阅读一起放缓了脚步，因为面对文字不得不全神贯注，因为必须为之付出时间，普鲁斯特的世界才连带着读者自己的生活一道变得愈加迷人。普鲁斯特是世界的财富也是启示。他和约翰·塞巴斯蒂安·巴赫一样，应该被当作上帝存在的证据。"写就《追忆》这部书是一个了不起的成就，不是因为它有多长，而是因为人们必须像给乐器校音那样，调准灵魂的音高，才能够去阅读它。"作者约亨·施密特亲身尝试后，在长达600页的《施密特读普鲁斯特》（*Schmidt liest Proust*）中写道。和莎士比亚的作品一样，普鲁斯特的阅历也是包罗万象，一个人过去、现在、未来的所有思索，尽在其中。通过普鲁斯特，认识到一个人类的个体独自能够达到怎样的成就，令人肃然起敬。读完最后一句话，读者自己也已脱胎换骨，甚至要抑制住从头再读一遍的冲动。

雪中足迹

　　1956 年 12 月 25 日下午，一个男人沉入雪中死去了。邻近村庄的两个孩子发现了他。3561 号病人最后的近三十年人生都在瑞士阿彭策尔州黑里绍疗养院度过。当天下午，他从这家精神病院的 1 号楼离开，他来到玫瑰山上的瓦赫滕艾格峰，这是一片两座小树林之间的空地，可以眺望到阿尔卑斯山和博登湖，往右边是陡峭的山路。就是在这里，七十八岁的他心脏停止了跳动。雪中的死者是罗伯特·瓦尔泽，用德语写作的瑞士作家，在二十世纪曾写就许多精彩绝伦的作品。可他却被遗忘了几十年。让-保罗·萨特曾说,人生只有在回望过去时,才是有意义的。所有过往和经历在此刻乍一眼看来也许是随意偶然,但只有往回追溯,才会发现它们彼此之间的联系自有道理。在黑里绍,可以确定瓦尔泽停止了写作。医院为他专门安排了一间写作室,但他从未用过。根据报道,他人生最后的近二十五年时间,都在默默无闻地粘贴纸袋、拣豆子、剥锡纸片、捻线绳中度过。"我应该尽可能不留痕迹地消失。"显然,他在黑里绍执行了这一计划。

他的监护人卡尔·塞利希也是他的朋友,二十多年来他总会去陪他散步。瓦尔泽走得很远,而且常常漫无目的。在一起漫步去往圣加仑的路上,作家谈及愈来愈多为年轻诗人设置的奖项有些不快,塞利希记下了他的话:"年纪轻轻就宠着他们,只会让他们永远长不大。要成为一个男人,需要经历苦痛,经历不被认可,需要抗争。国家不能变成诗人的助产婆。"作为弗里德里希·尼采忠实的批判性读者,瓦尔泽此处大概也会赞同他的观点："谁终将声震人间，/必长久深自缄默；/谁终将点燃闪电，/必长久如云漂泊。"只不过，瓦尔泽并不想点燃闪电，他至死都如云朵一般，写作也是，做人也是。无需像瓦尔泽那样日日散步，只要望向天空，无论阴晴雨雪，都可以看见那些无形无状的存在，它们可以变成任何一种形象，表达任意一种心境，不仅仅是孩子的眼睛才看得到。它们缥缈易逝，难以触摸，时而波澜壮阔，时而青烟缕缕，遥不可及又有千般变化，并且永远都只是更大图景中的一隅。瓦尔泽也在漂泊，无声无息，毫不起眼地从一篇文字落入另一篇文字，他喜欢隐藏，甘愿消失在人群之中。他常常闪躲一旁，谦逊有加，只把自己当作一片云雾。他的字里行间流露出那么多真实与真挚，却碰不到也捉不住。"云，"他对塞利希说，"是我最喜欢的东西。它们这么团结，就像安静的好同志。"

偏偏也是卡尔·塞利希，身为瓦尔泽的遗嘱执行人竟没有太在意那几百张写得密密麻麻的纸片。那是些废纸、碎片、小票、表格或者报纸边缘，从二十年代中期一直积攒到他十年后完全沉默。在塞利希看来，上面涂写得满满当当的都是"他自己发明的无法解读的字符"。那些微小的字母最后甚至被压缩到了只有一毫米高。这些字符是瓦尔泽的拒绝，是他向内心的迁徙，而当1933年纳粹在博登湖的另一边宣布建立"千年帝国"时，这样的书写最终也彻底结束了。战争点燃了全世界，即使身在黑里绍，作家后来也能听到隆隆炮火，仿佛来自远方沉闷的低吼。在此期间，人们发现瓦尔泽那些"来自铅笔领域"的纸片——这是他自己给手稿起的名字——并非无法解读。它们只是缩小了的聚特林字体，记录了几百篇随笔、见闻、短篇小说、诗歌以及观察笔记。研究者们将其称为"微缩手稿"，经过文学学者伯恩哈德·埃希特与维尔纳·莫朗几乎长达二十年的破译，它们才在瓦尔泽过世近半个世纪后，被整理成六卷本出版。瓦尔泽用极小字体写的五百二十六页纸，在西西弗斯式的编辑工作中印成了大约四千五百页，这才第一次能完全看懂。

西西弗斯被众神惩罚，要在地狱中永无止境地将巨石推上山，每次还未到山顶巨石就会滚落。然而萨特却觉得他是个幸福的人。瓦尔泽也这样看待诗人弗里德里希·荷尔德林。后者住在图宾根一座塔楼的房间里，在愈加严重的精神错乱中度过了三十多年，直至1843年逝世，倒是完全不输瑞士作家后半生的住院时长。"所有希冀都如同玩累的孩子沉沉睡去，仿佛身在修道院或是死神的前厅。我相信，荷尔德林最后的三十年人生绝不像文学教授们描摹的那样悲苦凄凉。可以在一个不起眼的角落虚度光阴，不必时刻满足别人的要求，这肯定不算是折磨。那只是人们的臆想。"确实，人们对他人总有诸多猜想。"没有人有权利在我面前表现得好像认识我一样。"格格不入的瓦尔泽很早以前就给出了警告。但他那样谦虚，一定不是在说后世为他出版作品的工作者，那些人在他逝去后辛勤耕耘数十载，使他成为二十世纪最有影响力的一位德语作家。瓦尔泽在写作中总是只有纯粹的谦敬，从不会故作谦虚。在瓦尔特·本雅明认定为"随性的滔滔不绝"背后，埃利亚斯·卡内蒂看到了"隐藏得最深的诗人"。他消失得如此默默无闻，和他一直想要的一样。散步时，他消失在雪中，朴素的葬礼上，围着棺木的宾客寥寥。微缩的铅笔手稿中，他还写下了这样一句话："你本来可以真正地消失的，你没能把自己变成寓言。"现在，其他人完成了这篇寓言，也让瓦尔泽不再永远消失下去。

铅笔微缩手稿中，最先修复的是一整部长篇小说的文稿《强盗》（Der Räuber），W. G. 塞巴尔德认为这是瓦尔泽"最理智又最大胆的作品"。这本书不管是形式还是内容，都令人不安甚至颠覆，阅读之前定要做好心理准备，专注投入才行。毫无防备地，小说叙述者自己也会陷入对情节发展的沉思，紧接着，一贫如洗的强盗登上伯尔尼的布道台，为聚集而来的村民讲了一场关于爱情的布道，最后他的心上人埃迪特却对他嗤之以鼻："当然了，时间一分钟一分钟地过去，从不停歇。可多少聪明人，竟觉得好生稀奇，这时间怎么不会想着休息休息。它可真有趣，真新奇，那别的东西，天下万物，不都好好躺在小床上睡着，就一直歇着呀，歇着。"

1986 年，黑里绍有了一条罗伯特·瓦尔泽路，这也是瑞士第一条文学路。环形的小径超过七千米长，沿路竖着写有瓦尔泽作品引文的牌子。它也穿过了玫瑰山森林，通往那片瓦尔泽溘然长眠的空地。出于对雪中逝者的敬重，确切的地点并没有标注。保持着一定的距离，小路从那里经过，不露一丝痕迹。

价值永存

在地质学中，人们用"深时"（Deep Time）这个概念来定义地球最初经历的那些纪元。在这一领域，要测定无机材料物质的来源与形成并不简单。研究上所使用的放射性碳定年法与热释光测年法的测定范围至多只能达到六万至五十万年前。然而我们已经知道，世界上最硬的矿物——钻石——大部分是在仅仅几千万年前通过火山喷发来到地球表面并为人所知的。可以确定的是，这些世上最贵重的宝石是在地球内部深处的高温中形成的。

而且麻省理工学院的一份研究表明，地底还有好几千万亿吨由碳压缩而成的钻石。黄金则完全不同，它的形成不是一种矿物变化，而是通过宇宙中的恒星碰撞产生，然后随着陨石撞击在几十亿年前来到地球，彼时的地壳还远远没有冷却下来。"既有天地生万物，我也来到世间。我坐看，大地与海洋分离。我坐看，大陆如预言家的大手，在球体上摩挲转动。我坐看，生命在阿米巴虫与细菌的体内，颤动。"诗人杨·瓦格纳为黄金在同名广播剧中写下了这样的自白。

很久以前，法老已经将这种世上最珍贵的金属当作精美工艺品的材料。"正因如此，博物馆中很多物品才能够保存几千年，它们不是拿来日常使用的，而是作为死后世界的陪葬品，从坟墓中发掘出来的。"迪特里希·维尔东说道，他是当代最权威的古埃及学者之一。他身后是一座来自斯奈夫鲁金字塔的吹笛人雕像，在大约公元前 2600 年由石灰岩制作而成。确切地说，这是一座立行像。"行走着站立，站立着行走。"——托马斯·曼曾这样贴切地形容古埃及塑像的典型姿势，这句话也作为宫廷乐师雕像的解说词，印在了慕尼黑埃及艺术国家博物馆的墙上。多年以来，维尔东一直是这里的馆长。他的小胡子灰白，眉毛浓密，显然是选了相似的造型，让人联想起上文那位德国作家。而且说话和口音也像。维尔东1941年生于考夫博伊伦，机敏而警觉，他说的每句话都可以直接付印出版，无论那长句怎么绵延不绝，语法总是完整正确。人们倾听着，沉醉于他飞扬的思绪，而思维则跟随着他的话语。"埃及人若是看到我们今天是怎么研究他们而他们又是怎么研究我们的，一定会很高兴。站在他们的雕像前，你就从一个观察者变成了被观察者。他们的目光是在盯着我们还是穿透了我们？"说着，他离开了刻画宰相伊皮的小雕像，大步穿过其他藏品，一直走到了托勒密王朝的帕朱赫鲁亡灵书前才停下。这是一卷长约八米的莎草纸，来自公元前三世纪。对"亡灵书"这个名字维尔东有些不满。"面对古埃及人，我是不会刻意说'死亡'这种字眼的，这个概念更应该理解成我们未来生活的世界，理解成死后的再生。通常所说的'丧葬祭祀'其实就是知道人终有一死、知道有永恒的第二次生命后做出的应对，而且为了死后的人生，人们要穷极一生做准备。埃及人看重的就是过渡时的那个重要瞬间。"

我们是从何得知古埃及王国五千年历史的呢？除去有文物以外，象形文字也完全可以被解读。"Je tiens l'affaire!"——1822年，年仅31岁的让-弗朗索瓦·商博良在巴黎的住所朝哥哥大喊道，"我找到了!"他找到的是古埃及文字的解密方法，能够做到这一点，还多亏了亚历山大大帝在公元前331年征服埃及后，将古希腊语设为了官方语言，以及很多现存的石碑，比如罗塞塔石碑，都直接在象形文字的铭文边上刻了多种语言。而复活节岛的朗格朗格或者印度西北部有四千多年历史的印度河文字可能将永远无法被破译，正是因为压根没有这样的解译系统。"如今，每一位古埃及学者都能够解读出来墓穴内部以及墓穴雕像上的文字，它们就和我们现在的讣告没有什么区别。"维尔东说着挤了下眼睛，"它们描绘的都是十分理想的人。同时，对于埃及人来说，在肉身离去后的世界，生前的功名利禄没有那么重要，关键的是品性，唯一能留下的是德行，这是要在冥界拿到天平上称给冥王奥西里斯看的。此外，墓穴中的图画和雕塑对家庭和睦的刻画也很重要。祖先要得到源源不断的祭品，还是得靠后代。"这里面和复活之神奥西里斯相关的很多内容，会提炼后再次出现在圣经旧约摩西十诫的经文里。作为人类的文明之源，古埃及也曾属于罗马帝国治下。到了最后，最紧要、最有用、能保证在彼世永生的，并不是尘世间的财富产业，而只是行为端正、识大义、家庭亲密融洽。

至于钻石，证据表明它在尼罗河流域从未被珠宝金匠用来做过首饰。可在 1996 年，人们偏偏还是在埃及撒哈拉沙漠的中央、离利比亚边境不远处，发现了一颗黑色的小石头，它大部分都由极为微小的钻石组成，自此成了研究界的一大谜题。2018 年初，专业学术期刊《地球化学与宇宙化学学报》（*Geochimica et Cosmochimica Acta*）发表了一篇约翰内斯堡大学研究团队的论文。他们认为，这颗石头并不是像大部分钻石那样从地球内部而来。相反，它的个别成分标示着，这颗由地质学家起名为希帕蒂亚的石头比我们的太阳都要古老，它一定是从一个十分遥远的地方——比我们至今能够记录、探测到的地方都遥远——像一颗古怪的尘埃一样来到这里。"尘归尘，土归土"，在基督教做礼拜时，这是一句经常说的关于生命终结的谚语，告诉我们终结就是回到起源。大卫·鲍伊曾扮演雌雄同体的外星人齐格·星尘，让地球人着实看到，宇宙中的所有生物全都源自星尘。最终，也将回归星尘。古埃及人留下了希帕蒂亚石，静待我们发现。图坦卡蒙胸针上的珠宝不是什么打磨过的钻石，而是一只简简单单的、用抛光玻璃做的黄色圣甲虫。而这块玻璃，很有可能就是两千八百万年前一颗陨石撞击沙漠，将沙粒加热到两千摄氏度时的产物。希帕蒂亚石的发现地也在那里。

穿越冰湖

世界几大宗教是传承了几千年的仪式与传统的庇护所。正是因为它们历经岁月却依然不改当初，才能发挥作用促进团结。比如印度的《爱经》，在近两千年以来一直是印度教许多教派十亿信徒的重要经典。在耶路撒冷，五百年来犹太人总会聚集在哭墙下祈祷。每到埃塞俄比亚正教的主显节，数万名教徒在非洲东部的贡德尔、拉利贝拉等古老城市纪念圣约翰为耶稣基督施洗——这一传统可以追溯到第六世纪。信徒们摩肩接踵，穿着一身

万物有时

白衣，在夜间汇聚到河边，那里搭建了巨大的室外洗礼盆，他们将在晨曦中用神甫赐福过的圣水浸湿自己和自己的十字架。还有西班牙阿拉贡省的卡兰达举办的"彼刻降临"（Rompida de la hora）游行，每年都会在复活节前的圣周上演。对它描述得最为深入的当属西班牙超现实主义导演路易斯·布努艾尔。自中世纪晚期以来，每到这时，这里的男女老少都会拿出各种能想见的大鼓小鼓，甚至是任何能敲出响声的东西，咚咚咚地敲上整整二十四个小时——里头喝醉酒的人也不少。脑海中想着最后的晚餐，他们穿着紫色的长袍和斗篷，一直敲击到双手通红。念及耶稣的死亡，以及传说中由此引发的地震，悲痛化作震天巨响，借此对无可挽回之事做出最后的抵抗。布努艾尔的影片中，当轰鸣停息良久，耳边依旧回荡着阵阵鼓点，卡兰达的人们则在此时断断续续地念诵起奇异的韵文章。

尽管如此，随着世俗化以及梵蒂冈第二次大公会议后的宗教改革，还是有很多延续了上百年的天主教习俗在现代或者更早时就已经消失了。在神圣的弥撒上，原本用于礼拜的拉丁语逐渐被各个国家的语言取代。神甫分发圣餐时，也不再面向教堂的半圆形后殿，而是转向信徒——这下，乐队指挥就成了最后一个演出时背对观众的职业了。而也就是在梵蒂冈第二次大公会议期间，在 1963年 2 月 12 日，一队天主教和新教基督徒组成的游行队伍浩浩荡荡地出发，从德国的哈格瑙穿越博登湖完全冰封的湖面，向瑞士的明斯特林根走去。这一天冒险踏上冰面的有大约三千名信徒，这相当于教皇若望二十三世在罗马召集参加大公会议的主教与神甫的总人数。从哈格瑙到明斯特林根的湖面距离大约有七千米，沿途的博登湖水深达二百五十米，比尼斯湖还深得多。最薄处十厘米的冰面承载着整个队伍。走在最前面的两个男人，用一幅担架抬着鲜花环绕的圣约翰半身像。不过这不是我们已经在埃塞俄比亚的水边遇见的施洗约翰，而是福音书执笔者约翰的彩色木雕像。当博登湖超过五百平方千米的湖面整个地冻结成冰时，德国那边的居民管这汪"冻湖"叫"Seegfrörne"，瑞士那边的管它叫"Seegfrörni"。这一现象从十六世纪末起只发生过七次，每一百年也就一次或者最多两次。使徒约翰的这座晚期哥特式雕像原本是明斯特林根修道院的，根据记载，第一次穿越冰面将它带到哈格瑙是在 1573 年，那一次与其说是游行，不如说是当时的情况需要一支队伍——在一位哈格瑙居民的死亡记录里提到过，他在二十八岁时曾穿越结冰的博登湖，从明斯特林根带来一尊"圣像"，因为在湖对岸的瑞士，"异教徒的恶行"正在肆虐，这指的可能就是宗教改革中的破坏圣像运动，雕像在此期间面临损毁，迫在眉睫。圣约翰像的底座上刻着 1573，也刻着后来将雕像从德国运至瑞士又运送回来的年份——1796，1830，1963。此外，1573 年后还有一次运送雕像的游行也被记录了下来："一百年后，它再次穿越冰冻的湖面，被带了回来。"在其他那几年冻湖出现的时候，战争或是脆弱的冰面状态阻碍了游行队伍成行。为了保障开路队员的安全，人们上路时要带上长杆、指南针、号角、手杖和梯子。在刺骨的寒冷中，队员用绳索将自己和后面的人连结起来，万一冰洞出现就可以保护彼此，遇到危险了就将人从冰水中拉上来。他们先拿榔头在冰面上砸出一个洞，只要没有水喷出来，冰上就是安全的。粗壮的树杈和冷杉枝标记着可以通行的道路。即便是在 1963 年，冰上的路途也并非百分百安全。第一次尝试穿越湖面探路的年轻人描述说，湖面上先是传来挥鞭的啪啪声，然后是打雷的隆隆声，紧接着他们脚下的冰层劈啪作响，蛛网状的缝隙蔓延开来，仿佛一整块冰都要碎裂。有些人则死在了穿越湖面的路上。一个人骑着自行车掉进冰湖淹死了。两个小学生因为踩上浮冰而走失，第二天人们发现了冻僵的孩子。到了 1963 年 2 月 12 日这天，吉多·赫斯和瓦尔特·施佩克带领时隔一百三十三年首次游行的队伍，抬着使徒约翰的雕像走在队伍的最前方。对于他们来说，此时的冰上之路已不再蕴藏危险。骑轻便摩托，乘小飞机，开车，推婴儿车，穿轮滑鞋或者冰刀鞋，被狗拖着或者在大风天被撑开的雨伞拖着——怎么都能穿过去。从二月到四月，冻湖不仅仅只是吸引了本地人踏上平滑如镜的冰面。这里洋溢着节日的氛围，哈格瑙人和明斯特林根人在冰上搭起了烤香肠、热红酒的小摊，互相打着招呼，一个骑行的人被超了车，两岸的教会互相交换着葡萄酒桶，以示自己的热情好客。两国的弥撒辅祭、座堂牧师、旗手和圣乐团在钟声里为世界和平祈祷，那时是二战结束后不到二十年。

自此，雕像的真迹就一直保存在明斯特林根圣雷米吉乌斯圣物室的保险柜里。修道院教堂里则摆放了复制品迎接信众。哈格瑙人则担心随着全球变暖，冰上游行已经成为过去，这件文物也不再有返回的希望。2013 年，两个教区在德国与瑞士为上一次冻湖游行举办了五十周年庆典。教堂执事马蒂亚斯·洛雷坦内心"交杂着喜悦与同情"，将 1963 年后制作的圣约翰像复制品借给哈格瑙博物馆用作展出。2014 年 2 月初，在一场节日礼拜后，德国与瑞士教区的成员们坐在公交或者轿车里，乘着摆渡又将木雕带回了明斯特林根，"无比悲伤"——哈格瑙教区牧师沃尔夫冈·德姆林这样形容自己的心情。据说还有人哭了。不到三周后，德姆林在博登湖一百米深处潜水时不幸遇难。

百科全书

越学习，越发现自己的无知。"傻子自以为聪明，但聪明人知道他自己是个傻子。"莎士比亚在喜剧《皆大欢喜》中说。人们必须要时刻意识到这一点，也必须要接受它。但这并不妨碍我们对知识的渴望，不妨碍人类为了求知而努力。百科全书与辞典，就仿佛是任我们的好奇心与野心玩耍的大草坪——书页上记载下几千年来的经验与见识，再赋予它们顺序及结构。哲学家米歇尔·福柯在《词与物》中，引用了豪尔赫·路易斯·博尔赫斯摘录的一本中国古代百科全书的分类列表，书中尝试着概括了当时地球上已知的动物：

a）属于皇帝的动物

b）防腐处理的

c）被驯养的

d）奶猪

e）美人鱼

f）神话动物

g）流浪狗

h）归入此类的

i）发疯般抽搐的

j）用精细的骆驼毛笔绘制的

k）除此之外的

l）打破了水罐的

m）远看像苍蝇的

博尔赫斯自称是在一本十分古老的《天朝仁学广

览》①中找到了这些内容。确实，中国人追求博闻广记的思想比欧洲人要早得多。在过去的两千多年中，一直到二十世纪早期帝国主义终结，知识在一次次引文的汇集中不断累积。词典与摘记节节生长，从道教起源开始，描写天、地、人、动物的篇章不断增添从四处引用的只言片语，衍生出大量的子章节。原创性或著作权不是什么问题，更重要的是尽可能全面地分类记录人们所能得知的一切。因此汉学家叶翰建议，中国的这种百科全书应该更符合"文选"这个概念，也就是欧洲那些汇编名人名言、经典文学选段、中世纪文字的书籍。例如包含了一万多册、两万两千多卷的《永乐大典》，好几千位学者为之收集了两千年来涵盖从农业到天文、从医学到宗教等等领域的八千多篇书稿，将其合理地整编在一起。此类作品涉及的知识内容，是从公元六世纪初开始，在隋唐时期的科举考试中每位官员都需要回答的问题，一直到1912年中华民国成立，这些古代中国的知识才不再

---

① 编注：本书存在与否具有争议性。目前尚未发现任何关于本书的其余内容。

重要。随着科举制度取消，以西方知识体系为基础的考试制度以及依照西方构建的大学教育系统将其取而代之。

在中国，三千多年前人们就开始在甲骨上刻字。在印度，公元前就出现了棕榈叶手稿的图书馆。苏美尔四千年前的陶板至今依旧能够被解读。南美的印加人从公元七世纪起，就用棉线制成名叫奇普的绳结传达信息。在欧洲，印刷术发明三百年后，启蒙运动为学者开启了学术交流和学术组织的全新可能。伏尔泰耗费十年，在1764年出版了《哲学辞典》（*Dictionnaire philsophique*）。而早在1740年左右，女性主义者路易丝·迪潘便开始撰写著作，但直到六十年后她去世时手稿依旧未能发表。直到二十世纪，她的这部《女性之书》（*Ouvrage sur les femmes*）才被发现，并在今天被视为"第二性百科全书"，展现了关于女性在当时的社会、经济、政治地位状态的历史截面。与此同时，德尼·狄德罗和让·勒朗·达朗贝尔在1751到1780年间出版了共三十五卷本、有超过七万个词条的《百科全书，或科学、艺术和手工艺分类字典》（*Dictionnaire raisonné des sciences, des arts et des* métiers）。路易丝·迪潘为字典中"女性"一词撰写了内容。经典文本的修订出版也越发受到重视。为此，时间不是问题。譬如1879年，梵蒂冈开始编著中世纪神学家托马斯·冯·阿奎恩的评注本，从现在的进度来看还需要几十年才能完成。1901年，大量研究人员开始编辑戈特弗里德·威廉·莱布尼茨的手稿，作为哲学家、数学家以及外交家，他于1716年离世时留下了六万多篇文章。至今为止已经出版了八个系列的六十卷本，最厚的有一千来页，完工还遥遥无期。词典则是另一个故事。《牛津英语辞典》于1857年开始编撰，直到将近三十年后，第一册才得以出版。词典收集了过去一千年间的六十多万个单词，引用了超过二百五十万条出处。在德国，格林兄弟从1838年开始尝试完整地厘清德语。1961年，当他们的《德语大词典》在一百二十三年后终于完成时，人们紧接着又从头开始了修订工作。

　　一遍遍地重复某件事确实不一定该受到指摘。人类喜欢循环往复，就好像小孩子每天晚上都喜欢听同一个故事。我们对知识的渴求永远不会满足，即便我们对自己还知之甚少。罗伯特·穆齐尔在《没有个性的人》（*Der Mann ohne Eigenschaften*）中塑造的保罗·阿恩海姆博士也成为了文学世界中最后一位通才，如今的物理学家、数学家、社会学家甚至无法互相交流，除非这些专家是在深耕同一个愈发细化的专业领域。雪上加霜的还有人类语言的缺陷，我们的智识与眼界由语言促进，却也同时受到它的束缚。"任何人都不可能把自己的想法不折不扣地表达出来；人类的语言就像一只破锅，我们想敲出悦耳的声音，感动星宿，却只引得狗熊跳舞。"很遗憾，居斯塔夫·福楼拜说得一点不错。在他于 1880 年逝世之前的二十年，他为了写作长篇小说《布瓦尔和佩库歇》，翻阅了一千多本指南、辞典、百科全书、字典，好让两位主人公尽可能贴近真实地从一个学科领域换到下一个学科领域。书名中的两位角色从农业学研究到自然科学，从解剖学和医学研究到哲学与宗教，勤勤恳恳却毫无建树，在理解领悟以及学以致用上都是一败涂地。福楼拜并不是要嘲弄他们二人，而是要讽刺"我这个时代的愚蠢"。布瓦尔和佩库歇想学习"所有的一切"。福楼拜想写"一部关于虚无的书",这是他在开始写作前很久就已经对朋友吐露的。"所有就是虚无,虚无就是所有。"无论是天文学家形容宇宙大爆炸,还是修禅之人总结人生智慧,抑或是哲学家试图寻找形而上学的最终答案——这句话都应该在我们日复一日上下求索时,给予一丝安慰,带来内心的平静与和解。

共
鸣
箱

　　无数伟大的音乐家都认为约翰·塞巴斯蒂安·巴赫的 D 小调无伴奏小提琴组曲的最后第五首（BWV 1004）是有史以来最伟大的音乐作品，甚至可以说是全人类最重要的成就。《恰空》诞生于 1720 年的莱比锡，很多人认为将这首大约一刻钟的乐曲诠释得最成功的，当属吉顿·克莱默 2002 年在奥地利洛肯豪斯教堂的主祭坛前演出时录制的版本。有人开车时大声播放流行歌跟着哼唱，有人和上万歌迷一起在体育馆激动地聆听最爱的乐队，他们的感受也许和在 YouTube 上听克莱默演奏巴赫的《恰空》的人们是一样的。音乐可以令人感动到落泪,仿佛攥住了听众的心。无论是在车里、在舞池里、音乐会上、教堂里,还是在播放歌单的时候,都可以感受到那种深刻的触动,并不一定要会弹奏乐器或者认识乐谱。只要曾在淋浴间或是合唱队放声歌唱,或者甚至曾在某天黄昏,淋着细雨在森林的坡地上捡起一块动物的头骨,用双手将它高举过头顶吟唱舞蹈,那么就一定会知道,我们是借着曲调与乐音献身古老的仪式,那些存在了几千年的习俗,当我们参与其中,自己也就成了其中的一部分。我们并不孤单。音乐、歌声、动作让此时此刻超越了时空,连结起我们存在之前的世界与很久以后的未来。当丹尼尔·巴伦博伊姆身穿白色礼服,俯身弹奏白色的三角钢琴,沉浸在弗里德里克·肖邦的钢琴奏鸣曲中,在那一刹那,我们看到乐器仿佛成了人体在空间中、在声音上的延伸。我们成了音乐的一部分,我们和音乐融为一体,无论是演奏还是聆听。音乐可以勾魂摄魄,让人放下重负。诚如吉米·亨德里克斯所说,音乐不会

　　　　　　　　万 物 有 时

撒谎，所以无论是在何时如何与它相遇，即便是在商场里，它也完全可以是真诚的，只要我们全身心地沉浸其中。

2014 年，来自黎巴嫩的音乐家及作曲家塔雷克·阿图依在柏林民族学博物馆奏响了许多已经沉寂了几百年的乐器。对乐器的保存和展出往往只注重存档与分类，而遗忘了声音本身。阿图依做了许久的工作，才得以通过他的表演或与其他几十位音乐家的即兴合作，为这些考古文物赋予新生。"我不会做对抗时间的事情，我是与它共事。"阿图依说道。这位艺术家为稀有乐器各式各样的音色建立了庞大的数据库，他希望在他远离这个世界之后，随着新的可能性与技术的不断出现，人们只需要依靠他采集的样本就能够创造出新的乐器，复刻出一样的声音。当阿图依在畅想未来时，来自过去的乐器则备受收藏家追捧，越是稀少，就越是昂贵。"不仅仅是制琴师在雕刻乐器，演奏者也是。木材会记得清澈纯净的音色。"阿图依如是说。最昂贵的乐器的价值大多取决于演奏家，他们往往会数十年演奏同一把琴。"他们的灵魂会永远存在于这件物品上。当你奏响它，你就直接与之前的所有演奏者有了联系。"阿图依也是这样看待中国的古琴。这种类似扁琴的七弦乐器有几千年的传统，必须时常抚琴，才能守护其中的灵魂。阿图依熟识的一位古琴大师有很多把老琴，他每周都要奏响这些奇特的拨弦乐器，正是出于这个原因。

小提琴是有记忆的，演奏者越出色，音色也就越好——这样的想法在乔纳森·默德看来"美好而浪漫"。默德是一名企业家、慈善家，也是美国银行伦敦分行前行长。因为擅长中提琴，他获得了一笔音乐奖学金，得以就读剑桥的数学专业。多年以来，默德一直是世界上斯特拉迪瓦里小提琴和其他古董小提琴的最大收藏家，并且他慷慨地将琴借给有前途的天赋异禀的年轻人。譬如尼古拉·贝纳德蒂演奏的就是一把名为"加里埃尔"的斯特拉迪瓦里小提琴，制于 1717 年，价值远超一千万欧元。作为投资，一把著名的小提琴每年能够带来百分之五至百分之十的收益。在默德看来，价格的上涨是缘于供需，而并非所谓栖居在乐器中的灵魂。相反，每演奏一次，小提琴都会因为自然的磨损与汗渍这样的沉积物而受到损害。但默德并不在意，因为他同时也相信，这些昂贵得有些罪恶的小提琴之所以有完美的音色，部分也是源自乐器本身的不规则，源自木材之中的微生物以及十八世纪初树木中的真菌。

来自十八世纪上半叶的斯特拉迪瓦里小提琴现存约五百把，其所用的木材全部取自意大利北部一片一眼就能望得到边的阿尔卑斯山区。在博岑东南边的菲埃姆山谷中坐落着"Bosco che suona"——音乐之林。直至今日，这里仍在出产用作制造乐器的木料，就像在往南三百千米的地方，人们开采卡拉拉大理石的采石场曾经同样是米开朗基罗为雕塑取材的地方。近几十年来，"Bosco che suona"的守林人是马塞洛·马祖基，他如今已然退休，却仍旧会帮忙选出制作小提琴最好的树木。但他并不愿意被称作树语者，他宁愿认为自己是倾听树木的人。"我观察它们，我抚摸它们，有时候我甚至拥抱它们。你用心去看，它们自会向你讲述它们的一生，讲述它们的创伤与快乐，讲述它们的一切。这些是很单纯的生灵。"他的观点和默德一样，认为只有造物的不对称与偏差才是造就完满和谐的音色的关键。而且不仅乐器是如此，说远了去，作曲也是一样的道理。早在1528年，郎世宁便曾写道："乐章只求悦耳便过犹不及，乐音和谐则显得矫揉造作，当点缀些不协和和弦以避之。"

矫揉造作的演奏也让吉顿·克莱默感到苦恼。他的巴赫从不张扬，在演奏时他往往闭着眼睛。"太多肤浅的东西总是打着追求正统的旗号出现。演奏缺的往往是血，是心。"但其实，最好的音乐永远得不到数以百万计的听众。乐声对灵魂悄悄呢喃的声音太轻了，并不是每个人都听得到。这也是克莱默喜爱巴赫的理由。"他的音乐充满了秘密。"奏响了《恰空》的那些最好的小提琴，又何尝不是如此呢。

房子，屋子，山洞

　　路易丝·布尔乔亚年逾九十的时候，依然会在家里接待完全不认识的人，只要他们是艺术家或者至少自认为是艺术家就好。她在曼哈顿西区二十街有一套棕色砂岩外立面的老旧市区别墅，每周六下午，访客们都会踩着满是划痕的镶木地板被带进卧室，围着一张圆桌坐下。屋内人头攒动，洋溢着老派而又温馨的气氛。主人最后出场，她坐到一把嘎吱作响的木头椅子上，调整了一个舒服的姿势。在许多人看来，路易丝·布尔乔亚是二十世纪最重要的女性艺术家。九十年代初，八十岁的她开始创作雕塑系列作品《细胞》（The Cells），这些作品很大，有的部分可以让人步入其中。到她 2010 年离世时，她为这组系列共创作了六十件作品。其中有一些是令人压抑的小房间和牢笼，它们充满了诗意，也暗自涌动着幽默、悲伤，和对失去的恐惧。这些私人的避难所和港湾借助那些承载了个人回忆的材料与物品，诉说着遗憾与痛苦、性与死亡。路易丝·布尔乔亚个子很矮，她坐在椅子上，两只光脚丫晃来荡去，脚尖都碰不到地板。今天来了六位客人。一位意大利诗人满头是汗地朗诵了一首情诗献给艺术家，一位来自芝加哥的画家展示了她的自画像。"她这是拿我们所有人寻开心呢。"布尔乔亚毫不留情地给她画作判了死刑，一边用吸管吸了一口可乐，调皮地看向众人。"下一个!"直到一位加利福尼亚的女艺术家给她呈现了几座雕塑作品，她才高兴了起来。雕像由塑料融化后加工而成，在暗处泛出绿色的荧光。"漂亮""真不错"，布尔乔亚低声赞叹着，她说话还带着法语口音，在纽约住了六十年也没能改掉。过了好几个小时，夜幕降临，客人们才满怀感激地走出了艺术家的房门。

在有些房子和屋子里，时间是停滞的，它们仿佛还停留在几十年或者几百年前，里面住的人也似乎已经脱离了时代。从路易丝·布尔乔亚家骑车不到十分钟的地方，住着多萝西娅·坦宁，她是画家及物件艺术家，一百多岁时还在《纽约客》上发表最新的诗作。这位超现实主义艺术家与马克斯·恩斯特结婚后一同度过了三十年。如果去第五大道拜访她，有一间木制电梯可以直达她奢华的大型公寓，电梯中还有服务员。公寓的墙上则挂着历史长达三百年的艺术品。"我们先喝些香槟吧!"坦宁招呼着来访的客人，接着便毫不掩饰地长篇大论起二十世纪初的时候，她作为年轻女性永远只是被男性同行们当成缪斯女神而已，而她因此是多么的难过。和她一样，贝翠丝·伍德也是在相似的环境中成长起来的，被誉为"达达之母"的她于 1998 年离世，活到了令人难以置信的一百零五岁。她甚至在 1913 年的巴黎香榭丽舍剧院，亲身经历了伊戈尔·斯特拉文斯基为谢尔盖·佳吉列夫的俄国芭蕾舞团所作的《春之祭》首演时，那混乱不堪的现场。第一次世界大战爆发后，生于加利福尼亚的她不得不回到美国的东海岸。有人问起，纽约先锋派那些欧洲流亡艺术家——譬如弗朗西斯·皮卡比亚，马塞尔·杜尚——与她见面时都是什么样，她湛蓝的眼睛透着机敏，笑着对访客说道："他们说的话从没有暧昧的意味，他们的行为就不同了。"1947年，这位陶瓷艺术家搬回加州的奥海镇，一座洛杉矶西北部的小城。离太平洋不远的地方就是她的工作室，这里空间开阔、灯火通明，如今也是她的基金会的所在地。从这里可以尽情眺望数千米以外的山谷，一片亘古不变的自然风光。傍晚告别时，她指向门前的群山——数百万年前，大洋洲的地壳在大陆漂移的作用下，向北美板块下的加利福尼亚海岸线挤压，形成了这道山脉。"夕阳落下时，托帕托帕山的山峰会泛起粉红色的光。"伍德几乎是自言自语地说道。片刻之后，仿佛是听到了她的命令一般，山峰真的染上了粉色。

"Natura sola magistra"[①]，阿妮塔·阿尔布斯很喜欢引

---

① 拉丁语，意为自然是唯一的老师。

用约瑞斯·霍芬吉尔的这句话，他是一位安特卫普的微型画家，也是十六世纪的慕尼黑宫廷画师。自然是唯一的老师，是真正的艺术家。阿尔布斯自己就住在慕尼黑，1942年她出生在这里。在法国勃艮第她还有一幢十八世纪的小城堡，不在那里时，她就住在慕尼黑施瓦宾格的家里，这是一栋巨大的老房子，有着好几米的层高、高大的窗户和鱼骨拼花地板。这位艺术家常常连续几周、几个月、甚至是几年地拿着极细的勾线笔，在小小的画布上创作。她勾画各种植物与动物，画中总是绿意盎然，偶尔飞过几只蝴蝶，也有已经灭绝的走兽和飞禽。她的颜料是自己研磨的，很多颜色还是从自然界取材。铅白，桃核黑，铜绿。作为作家，阿尔布斯追寻马塞尔·普鲁斯特的足迹，或是传承绘画学、植物学、生物学当中那些业已被遗忘的知识以及消逝远去的传统。她本人看起来尤其精致且克制，偶尔会出乎意料地开怀大笑，但大部分时间她都是静静的，说话带着深思熟虑的谨慎。一次又一次，人们看见在她体内沉寂着的巨大宝藏，被她小心翼翼地向她的观众和读者一点点地展现。

阿妮塔·阿尔布斯给来客朗读了一段最近翻译的文字，是保尔·瓦雷里在 1924 年 5 月为一家巴黎画廊写的展览画册前言。那次展览展出的是他的熟识——刺绣艺术家玛丽·莫尼耶——历经数年才创作完成的孤品。瓦雷里在前言中写到了很多珍贵的物品，"它们需要漫长的时光，需要安静的沉淀。无暇的珍珠，陈酿葡萄酒，真正完善的人，这些都需要慢慢地累积，成就他们的原因大同小异。他们变得更好的时间上的唯一界限，就是完美。曾几何时，人类还会模仿这种耐心的过程——微型油画；刻画出每一丝细节的象牙雕刻；将无数层薄薄的透明颜料堆叠在一起的漆器与绘画；恋人满怀憧憬等待着而诗人迟迟不愿完稿、可以永远写下去的十四行诗。这一切需要付出持之以恒、自我牺牲的努力才能做到的事情，都在渐渐消失，而不在乎时间的时代，已经成为过去。如果什么事情没有简化的途径，现在的人便不会再为它费工夫。似乎随着脑海中永恒这个概念愈加暗淡，人们对费时费力的工作就愈加反感。我们不会再像大自然那样不限时间、始终如一地耕耘，去创造无法估量的财富。在当下这个以浪费大量能源为代价，试图从劳作中解脱的社会，等待与耐心就是累赘。"

说起来，针线是玛丽·莫尼耶每天都会用到的物品，而路易丝·布尔乔亚刚好也是。她之前在父亲的车间里学过修复挂毯，后来就在布鲁克林的一间老缝纫厂建起了工作室。"针是一个开天辟地的发明。"亚历山大·克鲁格这样说道，"用骨针人类得以把兽皮紧紧地缝制在一起，当寒冬袭来，衣服就不再是松垮地挂在身上。一个部落中的女人加上这些针，就是一份需要捍卫的财产，是一笔交易的资本，临近的游牧部落必须拿出等价的东西才能换走。脑海里的针线则连接词句，连接世代相传的故事。这是智力层面上的改造。"世界上最古老的针由鸟骨削成，是在山洞中被发现的，它们出现的时候，正是智人从非洲逐渐分散到其他大陆的史前时期。弓箭、靴子、油灯，还有针，都是在大约四万五千年前制成的，这比现存的第一幅洞穴壁画出现的时间还要早得多。人类在成为艺术家之前，就已经是时装设计师了。

未完成

未完成是常态，我们应该学会承认这一点。这样，我们可以松一口气，不必一直在路上追逐、渴求、忙碌。只有认清我们每个个体到头来都有无能为力，才能略略减轻些负担，不必事事要求完美，非要坚持到底不可。这里讨论的不是拖延错过最终期限，也不是偷奸耍滑不肯完成既定的目标与义务，我们要说的是，在认清自身弱点的同时，继续全力以赴。我们不必斤斤计较，偶尔也可以睁一只眼闭一只眼，要知道，至少在艺术界，早在列奥纳多的《绘画论》中"未完成"（non-finito）就也可以看作是造诣高深。五个世纪后，安伯托·艾柯在Opera Aperta——《开放的作品》中提出理论，认为甚至是已完成的作品也没有真正地完结。现在需要观众、读者或者听众来为作品划上句号。艺术从来不是全知全能者的创造，正因如此，它可以有各种各样的解读方式。它往往有意让我们对完结的期待落空，让身为观众的我们不得不自己将艺术作品填补完成。它不涉及对错，只关乎观众能找到多少种阐释。观众在创意行为中扮演着不可忽视的角色，影响着一部作品的开始与结束，从十九世纪末，这一点就在不断被艺术家与艺术史学家强调。这个过程只需要时间、静心，以及对沉思的欲望。

米开朗基罗、提香、罗丹——他们都留下了未完成的作品。2016 年，纽约大都会博物馆的馆长在展览《未完成：留下可以见到的想法》（Unfinished：Thoughts Left Visible）上，展出了从文艺复兴到当代的近两百件作品，其中有很多都没有完成。但即便如此，我们也不该为未完成唱起颂歌。太多时候，它意味着严峻危机，意味着歧途与失败，意味着对陷于平庸的恐惧，意味着狂妄自大，竟敢与神明对赌，最终必输无疑。没有人知道，为什么舒伯特没有写完他的第八交响曲。承认自己可能没有想象的那么擅长某样东西；抵住诱惑，不为别的事情分心；在煎熬中自我怀疑，到底有没有能力创造出流芳百世的作品——没有任何一个人会说，和自己做斗争、对抗心魔、对抗无所作为，是一件易事。沃尔夫冈·科本在五十年代的《失败三部曲》（Trilogie des Scheiterns）后，直到1996年离世都保持着沉默，被乌尔里希·劳尔夫冠上"避世的推延之王""缄默侯爵"这样的名号。而在拉尔夫·埃利森留下的遗物中则发现了几千页小说的手稿，是他从1952年开始一直写到1994年去世的——但他在第一部长篇《隐形人》获得成功后，并没有让第二部小说问世。无论是在创作途中离世，还是无止境地纠结挣扎，查尔斯·狄更斯、简·奥斯汀、马克·吐温，还有大卫·福斯特·华莱士、弗拉基米尔·纳博科夫，以及尼古莱·果戈理，他们都遗留下了未能写完的书。早在1915年，艾伯特·R. 科恩斯与阿齐博

186   万物有时

尔德·斯帕克就已经撰写了——而且写完了——他们的《英语未完成著作目录》（Bibliography of Unfinished Books），列出了几百个书名。歌德的《浮士德》可不在其列，他用了六十年，终于写完了这部作品。"凡是不断努力的人，我们能将他搭救。"这是书中最后几页上的诗句。

阿尔弗雷德·希区柯克曾对同为导演的弗朗索瓦·特吕弗说，作为电影人，他在脑海中将整部电影每一个细节都构思好的那一刻，拍摄的兴趣就荡然无存了。一想到还要坐到导演椅上，要和演员、摄像、制片人、化妆师、灯光师打交道，他之前设想的画面就已然被冲淡了几分，最终完成的电影更是怎么也比不上脑海中的想象了。没能写完《没有个性的人》的罗伯特·穆齐尔，曾在第一部长篇《学生托乐思的迷惘》（Die Verwirrungen des Zöglings Törles）的开头引用了莫里斯·梅特林克的一段话。这段引文就体现了那种在竭力用语言表述思想时，总会生出的"对空白的恐惧"（Horror Vacui）："无论什么东西，一旦从我们口里说出，其价值就会奇异地遭到我们的贬损。我们以为潜到了深不可测的海底，可当我们重返海面之时，那滴挂在我们苍白的指尖上的水珠，它虽然源自大海，却已经不再等同于大海了。我们满以为发现了一个神奇的聚宝盆，可当我们重见天日之时，我们所带回的却只是一堆假石头和碎玻璃；而那真正的宝藏却依然在那茫茫黑暗中闪烁着光芒。"① 纳撒尼尔·霍桑，这位十九世纪阴郁的美国作家，认为语言在"灵魂与真相之间蒙上了一层又厚又暗的隔纱"，所以一切用文字和话语去把握真实与深刻的尝试，都注定是要失败的。一百年后，这种探索在威廉·加迪斯看来依然没有胜算，但它还是值得艺术家们投入战斗。这个世界充斥着偶像、经济依赖与无关紧要的消遣，在他看来只有艺术家才能凭借创作从中逃离："每次往窗外瞄一眼，都能瞥见一个物质的破烂世界，是艺术家在努力战胜它。他们要挣脱人必有一死的枷锁。艺术正是我们在尝试着，将自己从那些日复一日提醒我们年华易逝的东西中解脱

---

① 引自：《学生托乐思的迷惘》，罗炜译，人民文学出版社，2012。

出来。"德国有句谚语——著书立说，才能流芳百世。书籍是会留下的。而且每个艺术家都知道自己终有一死，但他的作品会超越死亡。"艺术家不就是他的作品剩下的渣滓吗？"加迪斯问道。"我们不过就是些围着作品打转的人类废墟。"

奥诺雷·德·巴尔扎克在 1831 年的短篇小说《不为人知的杰作》中，为我们献上了最为绝美的未完成作品。著名画家弗朗霍费已经为这幅画耗费了十年，这是他第一次将它展示给几位年轻画家。整个巴黎早已对这部充满传奇色彩的作品众说纷纭。然而，所谓年轻女子的全身画像竟只存在于画家的幻想中，旁观者在画布上看到的只不过是"混浊一片的颜色、色调，难以分辨的细微处"，是"不成形的雾一样的东西"。出于失望，弗朗霍费在当天夜里就发疯死了，死前还烧掉了所有的画。尽管如此，感性还是赢了。巴尔扎克的叙述拯救了这幅画，也随之让人瞥见了绝对的美——弗朗霍费的朋友们在混乱的色块与线条中，还是在画布的一角辨出了女子的一只脚，它画得优美可爱，是他们见过的最令人折服的呈现。不管怎样，抛开小说里弗朗霍费毁画不谈，这副画在过去的两百年里启发了巴勃罗·毕加索和导演雅克·里维特这样的艺术家，所以它迄今都成功地抵挡住了时间的流逝。

参考文献及资料出处

致读者

- Charles Baudelaire，*Die Blumen des Bösen*（1857），Frankfurt am Main：Insel 1977.

- Ulrich Dobhan und Elisabeth Peters（Hg.），*Teresa von Ávila. Werke und Briefe*，Freiburg：Herder 2015.

- Carlo Ginzburg，*Spurensicherung. Über verborgene Geschichte，Kunst und soziales Gedächtnis*，Berlin：Wagenbach 1983（S. 37），zitiert nach Gabriele Woithe，*Das Kunstwerk Lebensgeschichte. Zur autobiographischen Dimension Bildender Kunst*，Berlin：Logos 2008，S. 66.

- Kevin Rawlinson and Alan Yuhas，»›I was left speechless‹：Bob Dylan breaks two-week silence over Nobel Prize «，in：*The Guardian*，29. 10. 2016.

- Hartmut Rosa，»Mehr Resonanz. Auswege aus der Beschleunigungsgesellschaft «，in：*SWR2 Aula*，18. September 2016，Redaktion：Ralf Caspary（Manuskript）.

- Alex Rühle，»Virginie Despentes über Jugend：Das Interview«，in：*Süddeutsche Zeitung*，17. ／18. 3. 2018，S. 56.

感谢以下几位多次与我交流探讨，给予我启发：克里斯托夫·尼曼（Christoph Niemann），扬·瓦格纳（Jan Wagner），德尼茨·霍伊林博士（Dr. Denis Heuring），克里斯·德肯（Chris Dercon），阿妮塔·阿尔布斯（Anita Albus），安内利·博茨（Anneli Botz），马克·格根福特纳（Marc Gegenfurtner），亚历山德拉·雷斯尼科夫（Alexandra Resnikov），马丁·埃德（Martin Eder），伊莎贝拉·韦德尔博士（Dr. Isabella Wedl），马琳·比勒费尔德（Marlene Bielefeld），查理·施泰因（Charlie Stein），安娜玛丽亚·默克尔（Anna-Marie Merkle），米夏埃尔·吕茨（Michael Ruetz），萨沙·罗岑斯（Sascha Rocens），约·伦德勒（Jo Lendle），托比亚斯·海尔（Tobias Heyl），玛尔塔·邦克（Martha Bunk），莱奥·伦赛斯（Leo Lencsés），我的妻子弗里德里克（Friederike），还有我们的孩子巴尔塔扎（Balthazar），康斯坦丁（Konstantin）和海伦娜（Helena）。

邮差薛瓦勒

- Edward Burns（Hg.），*The Letters of Gertrude Stein and Carl Van Vechten*，1913 – 1946，New York：Columbia University Press 1986.
- Gérard Denizeau，*Palais idéal du facteur Cheval. Le palais idéal*，*le tombeau*，*les écrits*，Paris：Nouvelles éditions Scala 2011.

时间胶囊

- James Barron，»The Time to Retrieve Time's Time Capsule is at Hand«，in：*The New York Times*，25. 7. 2017.

- Simon Elmes，»The Secrets of Andy Warhol's Time Capsules«，in：
  BBC News Magazine，10. 9. 2014.
- Klaus Görner（Hg.），*Andy Warhol's Time Capsule 21*，Köln：
  DuMont 2003（Ausstellungskatalog, u. a. Museum für Moderne
  Kunst，Frankfurt am Main）.
- Jack Hitt，»How to Make a Time Capsule«，in：*The New York
  Times Magazine*，5. 12. 1999.
- Guy de Maupassant，»Das Haar«（1884），in：*Schnaps-Anton und
  andere Novellen*，Berlin：Contumax 2015.
- Edgar Allan Poe，*Der Rabe*（1845），Frankfurt am Main：Insel 1982.
- Catherine Spencer，»Why Andy Warhol still surprises，30 years after
  his Death«，in：*Independent*，22. 2. 2017.

约瑟夫·普利策世界大楼中时间胶囊的相关信息及录音，参见
纽约哥伦比亚大学图书馆（Columbia University Libraries）的在线
档案馆。

约翰·凯奇在哈尔伯施塔特

- Roman Bucheli，»Das langsamste Orgelkonzert der Welt«，in：*Neue
  Zürcher Zeitung*，13. 1. 2014.
- John Darnielle，»There are other forces at work. John Cage comes
  to Halberstadt«，in：*Harper's Magazine*，Januar 2016.
- Till Krause，»Langstes Konzert der Welt. Achtung, Klangwechsel!«，
  in：*Frankfurter Allgemeine Zeitung*，10. 2. 2009.
- Steven Rosenberg，»New Note at ›Longest Concert‹«，in：*BBC*

News，10. 2. 2009.

- Ulrich Stock，»Das Summen Gottes«，in：*Die Zeit*，28. 7. 2011.
- Ulrich Stock，»Die Tone sind da. Wir sind noch da«，in：*Die Zeit*，5. 1. 2017.
- Daniel J. Wakin，»An Organ Recital for the very, very patient«，in：*The New York Times*，5. 5. 2006.
- H. G. Wells，*Die Zeitmaschine*（1895），Munchen：Deutscher Taschenbuch Verlag 1996.
- Carlton Wilkinson，»Millennium Jukebox«，in：*The Brunswick Review* 12 2017 S. 1 - 8.

衷心感谢赖纳·O. 诺伊格鲍尔教授（Prof. Dr. Rainer O. Neugebauer）和哈尔伯施塔特市的约翰·凯奇基金会提供的交流活动，以及现场工作人员安格利卡·韦格纳（Angelika Wegener）和曼努埃拉·迈尼克（Manuela Maynicke）给予的热情接待。此外，凯奇的《越慢越好》网站也有许多关于这个话题的宝贵信息。

注意力经济

- Carl Honoré，*Slow Life：Warum wir mit Gelassenheit schneller ans Ziel kommen*，München：Goldmann 2007.
- Andrew Keen，*How to Fix the Future：Staying Human in the Digital Age*，London：Atlantic Books 2018.
- Jared Lanier，*Zehn Gründe，warum du deine Social Media Accounts sofort löschen musst*，Hamburg：Hoffmann und Campe 2018.

- Erwin Panofsky，*Meaning in the Visual Arts*，New York：Doubleday 1955，S. 341.

餐桌之上

- Sarah B. McClure et al.，»Fatty acid specific δ ^{13}C values reveal earliest Mediterranean cheese production 7,200 years ago«，in：*Plos One 13/9*，San Francisco：Public Library of Science 2018.
- Danielle Pergament，»Going to the Source for a Sacred Italian Cheese«，in：*The New York Times*，3. 1. 2018.
- Marco Polo，*Il Millione. Die Wunder der Welt*（1298/99），Zürich：Manesse 1997.
- Casey Quackenbush，»Archeologists have discovered the World's oldest Cheese inside an ancient Egyptian Tomb«，in：*TIME*，20. 8. 2018.
- Christoph Theuner，»Die reiche Kost der armen Leute «，in：*Frankfurter Allgemeine Zeitung*，16. 8. 2018，S. 12.

感谢我的兄弟卡斯滕·哲斯特（Carsten Girst），让我能在位于伦敦海德公园文华东方酒店由赫斯顿·布卢门撒尔主厨开的"正餐"餐厅（Dinner）享用晚饭。此外也感谢莱奥诺雷·卡尔姆斯（Leonore Kalmes）。

千禧难题

- Holger Dambeck，» Jahrhundert-Beweis. Einsiedler verschmäht

Mathe-Medaille«, in: *Spiegel Online*, 22. 8. 2006.

- Peter Galison, *Einsteins Uhren*, *Poincarés Karten*. *Die Arbeit an der Ordnung der Zeit*, Frankfurt am Main: Fischer 2002.
- Luke Harding, »Grigory Perelman, the maths genius who said no to $ 1m«, in: *The Guardian*, 23. 3. 2010.
- Sylvia Nasar und David Gruber, »Annals of Mathematics: Manifold Destiny. A legendary problem and the battle over who solved it«, in: *The New Yorker*, 28. 8. 2006.

感谢阿伦应用技术大学的克里斯蒂安·拜尔教授（Prof. Dr. Christian Bayer）给予指导。

到期时间

- Battelle Institut, »Reducing the likelihood of future human activities that could affect geologic high-level waste repositories «, Columbus, Ohio: Office of Nuclear Waste Isolation 1984.
- Peter Galison und Robb Moss, *Containment* (Dokumentarfilm), Redacted Pictures 2015.
- Robert Gast, » Atom-Semiotik. Ein Warnschild ohne Halbwertszeit«, *Spektrum Online*, 21. 8. 2012.
- Daniel Kehlmann, »Dankesrede anlässlich der Verleihung des Frank-Schirrmacher-Preises «, in: *Frankfurter Allgemeine Zeitung*, 4. 9. 2018, S. 11.
- Rachel Sussman, *The Oldest Living Things in the World*, Chicago: Chicago University Press 2014.

- Anna Weichselbraun，»Containment. Directed by Peter Galison and Robb Moss«，in：*Environmental History* 23/2（1．4．2018），S. 393 – 396.

感谢米夏埃尔·约翰·戈尔曼教授（Prof．Dr．Michael John Gorman）给予关键的帮助，同样感谢哈佛大学彼得·加里森教授（Prof．Dr．Peter Galison）的交流讨论。迪维克·桑尼（Dyveke Sanne）为斯瓦尔巴全球种子库创作的灯光艺术装置的相关信息，来自于挪威公共艺术（Public Art Norway）的网页。

闲暇与闲荡

- Charles Baudelaire，»Der Maler des modernen Lebens«（1863），in：*E．T．A．Hoffmann Jahrbuch*，Berlin：Erich Schmidt 2005，S．109.
- Walter Benjamin，zitiert in：Tom Hodgkinson，*Anleitung zum Müßiggang*，Berlin：Rogner & Bernhard 2004.
- Gustave Flaubert，*Wörterbuch der Gemeinplätze*（1911 posthum），Frankfurt am Main：Insel 1991，S．104.
- Ulrich Grober，»Hunger nach Entschleunigung«（Interview），in：*Wandermagazin* 135，Juni/Juli 2007.
- Friedrich Hebbel，in：*Leipziger Illustrierte Zeitung*，4．9．1858，zitiert nach Urban Roedl，Adalbert Stifter in *Selbstzeugnissen und Bilddokumenten*，Hamburg：Rowohlt 1965，S．150.
- Jean-Jacques Rousseau，*Vom Gesellschaftsvertrag*（1762），Stuttgart：Reclam 1986.
- Richard Sennett，*The Uses of Disorder：Personal Identity and City*

Life（1970），New Haven：Yale University Press 2008.

- Adalbert Stifter，*Der Nachsommer*（1857），Frankfurt am Main：Insel 1982，S. 495.

- Birgit Verwiebe und Gabriel Mantua（Hg.），*Wanderlust. Von Caspar David Friedrich bis Auguste Renoir*，München：Hirmer 2018（Ausstellungskatalog，Neue Nationalgalerie Berlin）

感谢迪尔克·伊彭博士（Dr. Dirk Ippen）与我交流歌德的相关内容，为本章节提供了重要灵感。

耐心

- Michael Ende，*Momo*（1973），Stuttgart：Thienemann 2013.
- Michael Ruetz，*Cosmos. Elements in Harmony*，Göttingen：Steidl 1997.

- Michael Ruetz，*Sichtbare Zeit. Time Unveiled*，Göttingen：Steidl 1997.
- Michael Ruetz，*Eye on Time*，Göttingen：Steidl 2007.
- Michael Ruetz，*Die absolute Landschaft*，Wadenswill（Schweiz）：Nimbus 2018.
- Kurt Rehkopf，*From Within Out：The Story of Alfred Stieglitz, Lewis Mumford, and Modern Organicism*，Hamburg：Univ.，Diss. 2004.
- Walt Whitman，*Grasblätter*（1855），München：Hanser 2009.

感谢库尔特·雷科普夫博士（Dr. Kurt Rehkopf）及克劳迪娅·

格雷纳温克尔（Claudia Glenewinkel）女士。

死神必死

- Alison Arieff，»Life is Short，That's the Point«，in：*The New York Times*，18．8．2018.
- Alexander Armbruster und Joachim Müller-Jung，»Sind wir bald unsterblich? Wie das Silicon Valley den Tod überwinden will«，in：*Frankfurter Allgemeine Woche* 23，1．6．2018，S．14 – 21.
- Ester Bloom，» Google's co-founders and other Silicon Valley billionaires are trying to live forever «，in：*CNBC Money*，21．3．2017.
- Mark O'Connell，*To Be a Machine*：*Adventures among Cyborgs*，*Utopians*，*Hackers and Futurists Solving the Modest Problem of Death*，New York：Doubleday 2017.
- Manfred Dworschak，»Geist auf Eis«，in：*Der Spiegel* 15，7．4．2018，S．103.
- Barbara Ehrenreich，*Natural Causes*：*An Epidemic of Wellness*，*the Certainty of Dying*，*and Killing Ourselves to Live Longer*，New York：Twelve（Hachette）2018.
- W．Harry Fortuna，»Disrupting Dying：Seeking eternal Life，Silicon Valley is solving for Death«，in：*Quartz*，8．11．2017
- Tad Friend，»Silicon Valley's Quest to live Forever«，in：*The New Yorker*，3．4．2017.
- Mark Halper，»Supercomputing's super Energy Need，and what to do about them «，in：*Communications of the Association for*

Computing Machinery, 24. 9. 2015.

- Yuval Noah Harari, *Homo Deus. Eine Geschichte von Morgen*, München: C. H. Beck 2018.
- Pagan Kennedy, »No Magic Pill will get you to 100«, in: *The New York Times*, 14. 3. 2018, S. 9.
- Wilhelm Schmid, »Unsterblichkeit. Wollt ihr ewig leben? «, in: *Die Zeit*, 8. 11. 2017.
- Thomas Schulz, *Zukunftsmedizin. Wie das Silicon Valley Krankheiten besiegen und unser Leben verlängern will*, München: Deutsche Verlagsanstalt 2018.
- Botho Strauß, *Der Fortführer*, Hamburg: Rowohlt 2018.

幽会

- Marina Abramović und Ulay (Hg.), *The Lovers*, Amsterdam: Stedelijk Museum 1989, (Ausstellungskatalog), S. 27.
- Marc Frencken, »Lovers Abramovi ć and Ulay walk the length of the Great Wall of China from opposite ends, meet in the middle, and break up«, in: *Kickasstrips*, 14. 1. 2015.
- Jonathan Jones, »Mark Rothko: Feeding Fury«, in: *The Guardian*, 7. 12. 2002.
- Arne Lieb, »Kurioser Fund in Düsseldorf: Der Zahlenkünstler hat sich verzählt«, in: *Rheinische Post Online*, 29. 4. 2018.
- Tamara Marszalkowski, »›One Million Years-Past and Future‹ von On Kawara«, in: *Kunsthalle Schirn Magazin*, 27. 10. 2015.
- Christopher Rothko, *Mark Rothko. From the Inside Out*, New

Haven: Yale University Press 2015，S. 155.

感谢慕尼黑老绘画陈列馆的总经理伯恩哈德·马茨教授（Prof. Dr. Bernhard Maaz），他提出的建议非常有帮助。感谢约瑟夫·科苏斯（Joseph Kosuth）与我通过邮件交流。

情欲，即人生

- Marcel Duchamp，»Soll der Künstler an die Universität gehen? «（1960），in: Serge Stauffer，Marcel Duchamp. Die Schriften 1，Zürich: Regenbogen 1981，S. 240f.
- Marcel Duchamp，»Where do we go from here? «（1961），in: Serge Stauffer，Marcel Duchamp. Die Schriften 1，Zürich: Regenbogen 1981，S. 241f.
- Thomas Girst，The Duchamp Dictionary，Thames and Hudson: London 2014，S. 69ff.（Étant Donnés），S. 118（Maria Martins），S. 151（Quick Art），S. 177（Time）.
- Julien Levy，Memoirs of an Art Gallery，New York: Putnam 1977，S. 20.

感谢费城艺术博物馆总馆长卡洛斯·巴索阿多（Carlos Basualdo），与我在马塞尔·杜尚的展馆中度过了许久时光。

Sprezzatura

- Baldassare Castiglione，*Der Hofmann. Lebensart in der Renaissance*

(1528), Berlin: Wagenbach 2004, S. 35f.

- Cicero, *De oratore* (55 v. Chr.), Leipzig: Reclam 1986.

- Iwan Gontscharow, *Oblomow* (1859), Frankfurt am Main: Insel 2009.

- Yuval Noah Harari, *Eine kurze Geschichte der Menschheit*, München: Pantheon 2013, S. 69f.

- Milan Kundera, *Die Langsamkeit* (1995), Frankfurt am Main: Fischer 2014.

- Paul Lafargue, *Das Recht auf Faulheit*, Berlin: Matthes & Seitz 2013, S. 8, S. 14.

- Thomas Mann, *Der Zauberberg* (1924), Frankfurt am Main: Fischer 1991.

- Herman Melville, *Bartleby, der Schreiber* (1853), Frankfurt am Main: Insel 2008.

- Friedrich Nietzsche, *Kritische Studienausgabe in 15 Bänden*, Berlin: Walter de Gruyter 1988 (Bd. 3), S. 17.

- Sten Nadolny, *Die Entdeckung der Langsamkeit* (1983), Piper: München 2012.

- Thorsten Veblen, *Die Theorie der feinen Leute* (1899), München: Deutscher Taschenbuch Verlag 1971.

- Oscar Wilde, *Das Bildnis des Dorian Gray* (1890), Zürich: Diogenes 1996.

地球飞船

- Colin Barras, »How long will Life survive on Planet Earth«, in: *BBC*

Earth，23．3．2015.

- Richard Buckminster Fuller，*Bedienungsanleitung für das Raumschiff Erde*（1968），Fundus，Hamburg 2010.

- Joss Fong，»The 116 Photos NASA picked to explain our World to Aliens«，in：*Vox*，11．11．2015.

- Rhett Herman，»How fast is the earth moving？«，in：*Scientific American*，26．10．1998.

- Elizabeth Howell，»Voyager 1：Earth's Farthest Spacecraft«，in：*Space*，28．2．2018.

- Marshall McLuhan，zitiert in：Sabine Höhler，*Spaceship Earth in the Environmental Age 1960－1990*，New York：Routledge 2016.

- Susan Sontag，zitiert in：Barbara Ching und Jennifer A. Wagner-Lawlor（Hg.），*The Scandal of Susan Sontag*，New York：Columbia University Press 2009，S．195.

美国国家航空航天局（NASA）的官方网页为本章的内容提供了诸多灵感。关于旅行者号项目，可以在加州理工学院 NASA 喷气推进实验室的网站上找到更多信息。

黑天鹅

- Angela Duckworth，*Grit-Die neue Formel zum Erfolg：Mit Begeisterung und Ausdauer ans Ziel*，München：C．Bertelsmann 2017.

- Daniel Kahnemann，*Schnelles Denken，langsames Denken*，München：Siedler 2012.

- Nicholas Karlson, »The ›Dirty Little Secret‹ About Google's 20% Time, According to Marissa Mayer«, in: *Business Insider*, 13. 1. 2015.
- Odo Marquardt, *Zukunft braucht Herkunft*. *Philosophische Essays*, Stuttgart: Reclam 2003.
- Michael E. Porter und Nitin Nohria, »Wie Manager ihren Tag planen «, in: *Harvard Business Manager* (Themenheft »Zeitmanagement«) 9/2018, S. 18 – 31.
- Peter Schwartz, *The Art of the Long View*: *Planning for the Future in an Uncertain World*, New York: Crown Business 1996.

永恒

- Dante Alighieri, *Göttliche Komödie* (1321), Stuttgart: Reclam 1986.
- Fjodor Dostojewskij, *Verbrechen und Strafe* (1866), Frankfurt am Main: Fischer 1996, S. 424.
- Johann Wolfgang von Goethe, *Faust* (1772 – 1882), München: C. H. Beck 1987.
- Henry James, » The Art of Fiction « (1884), in: *The Norton Anthology of American Literature*, Bd. 2, New York: Norton 1989, S. 461.
- Henry James, *The Art of the Novel*. *Critical Prefaces* (1909), Chicago: University of Chicago Press 2011.
- James Joyce, *Ein Porträt des Künstlers als junger Mann* (1916), Frankfurt am Main: Suhrkamp 1988.

- William Shakespeare, *Hamlet* (ca. 1603), in: *William Shakespeare. Sämtliche Werke in vier Bänden*, Berlin: Aufbau 1974, S. 302.
- William Shakespeare, *Macbeth* (ca. 1606), zitiert nach: Iso Camartin, »Der hohe Stil und das makabre Spiel«, S. 99 – 108, in: Michael Assmann (Hg.), *Jahrbuch 1996. Deutsche Akademie für Sprache und Dichtung*, Göttingen: Wallstein 1997.
- William Shakespeare, *Sonette* (1609), Wien: Wegweiser 1924 (Sonett XVIII).
- William Shakespeare, *Verlorene Liebesmüh* (1597), München: Deutscher Taschenbuch Verlag 2000.
- Anne Thackeray, *The Story of Elizabeth*, London: Smith, Elder & Co., 1863.

沥青滴落

感谢都柏林大学科学教育专业教授谢恩·伯金（Shane Bergin）以及澳大利亚昆士兰大学量子物理工程中心的物理学教授安德鲁·怀特（Andrew White）接受了详尽的电话采访。两所高校的官方网页都有十分丰富的关于沥青滴落实验的信息。关于有趣的展览，感谢作家弗洛里安·德林（Florian Dering）的指点（尤其是 M. E. 施莱希的《胆小鬼逛工业展览，附导览词典》[①]）。他也是慕尼黑城市博物馆前任副总监，那里收藏了很多相关的历史目录和文献。那本四页的《农民博物馆导览——于 1911 年

[①] M. E. Schleich，*Pimplhuber in der Industrie-Ausstellung nebst einem alphabetischen Fremdenfüihrer*，Muünchen 1854，o. S.

啤酒节在慕尼黑首次举办》① 要感谢扎比内·林贝格（Sabine Rinberger）与安德烈亚斯·科尔（Andreas Koll），是在慕尼黑卡尔·瓦伦丁档案馆找到的。

可持续发展

- René Descartes, *Entwurf einer Methode*：*Mit der Dioptrik*，*den Meteoren und der Geometrie*（1637），Hamburg：Felix Meiner（Philosophische Bibliothek, Bd. 643）2013，S. 58.
- René Goscinny und Albert Uderzo, *Asterix und Obelix bei den Briten*（1966），Berlin：Ehapa 1971.
- Jane Jacobs, *The Death and Life of Great American Cities*. *The Failure of Current Planning*（1961），New York：Vintage Books 1992.
- Silke Langenberg, Reparatur：*Anstiftung zum Denken und Machen*，Berlin：Hatje Cantz 2018.
- Lewis Mumford, »What is a City«，in：*Architectural Record* LXXXII（November 1937），S. 58 – 62.
- Tom Williamson, *Polite Landscapes*：*Gardens and Society in Eighteenth-Century England*，Baltimore：Johns Hopkins University Press 1995.

感谢工程学博士西尔克·朗根贝格教授（Prof. Dr.-Ing. Silke

---

① *Führer durchs Bauern-Museum. Zum ersten Male am Münchner Oktoberfest 1911 aufgestellt*

Langenberg）帮助了我很多，并且联系了伊夫斯·埃布内特教授（Prof. Yves Ebnöther），马可·韦格纳（Marco Wegner），阿克塞尔·克劳斯迈尔教授（Prof. Dr. Axel Klausmeier），莱奥·施密特教授（Prof. Dr. Leo Schmidt）。另外还要感谢霍尔格·利布斯（Holger Liebs）与奥拉夫·尼古拉（Olaf Nicolai）。

一日已千年

- Charles Baudelaire，*Die Blumen des Bösen*（1857），Frankfurt am Main：Insel 1977.
- Arno Borst，*Computus*. Zeit und Zahl in der Geschichte Europas，Berlin：Wagenbach 1990.
- Friedrich Nietzsche，*Die fröhliche Wissenschaft*，Werke in drei Bänden（Bd. 2），Hanser：München 1954，S. 190f.
- Hartmut Rosa，*Beschleunigung*，*Die Veränderung der Zeitstrukturen in der Moderne*，Frankfurt am Main：Suhrkamp 2005.
- Botho Strauß，*Der junge Mann*，München：Hanser 1984.
- Carlton Wilkinson，» Millennium Jukebox «，in：*The Brunswick Review* 12，2017，S. 1–8.
- Uwe Wittstock，»Wozu brauchen wir noch Philosophen, Herr Precht? «，in：*Focus Magazin* 51，2017.

旧金山今日永存基金会（Long Now Foundation）的官方网页上有大量关于这一话题的信息。特别感谢环境活动家、老嬉皮士斯图尔特·布兰德（Steward Brand），以及执行总监兼今日永存之钟项目的经理亚历山大·罗斯（Alexander Rose）。

櫻花

- Yasuyuki Aono und Keiko Kazui, » Phenological Data Series of Cherry Tree Flowering in Kyoto, Japan, and its Application to reconstruction of springtime temperatures since the 9th century«, in: *International Journal of Climatology* 28/7 (Juni 2008), S. 905 – 914.
- Helena Attlee, *The Gardens of Japan*, London: Frances Lincoln 2010.
- Basil Hall Chamberlain, *ABC der japanischen Kultur* (1891), Zürich: Manesse 1991.
- Murielle Hladik, Axel Sowa, Eva Kraus (Hg.), *Von der Kunst, ein Teehaus zu bauen. Exkursionen in die japanische Ästhetik*, Staatliches Museum für Kunst und Design: Nürnberg 2017 (Ausstellungskatalog Neues Museum Nürnberg).
- Tanizaki Jun'ichirō, *Lob des Schattens* (1933), Zürich: Manesse 2010, S. 25f.
- Leonard Koren, *Wabi-Sabi. Woher? Wohin? Weiterführende Gedanken für Künstler, Architekten und Designer*, Tübingen: Wasmuth 2015.
- Gouverneur Mosher, *Kyoto. A Contemplative Guide*. Tuttle: Tokyo 1964, S. 269.
- Murasaki Shikibu, *The Tale of the Genji* (11. Jahrhundert), New York: Knopf 1978, S. 24.
- Jochen Wiede, *Fernöstliche Gartenkultur*, Stuttgart: Maxi 2018.

特别感谢穆里埃勒·赫拉迪克博士（Dr. Murielle Hladik）、埃娃·克劳斯博士（Dr. Eva Kraus）、卡斯滕·施米茨（Karsten Schmitz）的介绍。和多丽丝·德雷（Doris Dörrie）在慕尼黑文学之家一起晚饭时，她提出了很多建议丰富了这一章节的内容。短片"安迪·沃霍尔眼中的波普艺术是什么?"可以在旧金山艺术博物馆的网站观看。

匆忙年代

- Céleste Albaret, *Monsieur Proust*, München：Kindler 1974，S. 10.
- Alain de Botton, *Wie Proust Ihr Leben verändern kann．Eine Anleitung*（1997），Frankfurt am Main：Fischer 2000，S. 42.
- Dieter Hoffmann, *Einsteins Berlin．Auf den Spuren eines Genies*，2006，Weinheim：Wiley-VCH 2006.
- Marcel Proust, *Auf der Suche nach der verlorenen Zeit*（1913－1927 posthum），10 Bände，Frankfurt am Main：Suhrkamp 1979，S. 63－67，S. 2329，S. 3966.
- Marcel Proust, *Das Flimmern des Herzens*，Berlin：Die Andere Bibliothek 2017，S. VII（Vorwort und Übersetzung von Stefan Zweifel）.
- Jochen Schmidt, *Schmidt liest Proust*，Dresden：Voland & Quist，S. 10.

感谢普鲁斯特的研究者及爱好者（Luzius Keller）和（Bernd-Jürgen Fischer）提供丰富的建议，与他们的交流令人受益匪浅。

雪中足迹

- Walter Benjamin, »Robert Walser« (1929), in: *Illuminationen. Ausgewaählte Schriften* 1, Frankfurt am Main: Suhrkamp 1977.

- Iris Blum, »Robert Walser, Herisauer Jahre 1933 – 1956«, in: *Schweizerische Ärztezeitung*, S. 689 – 691.

- Bernhard Echte, »Robert Walser. Chronik von Leben und Werk«, in: *Du. Die Zeitschrift der Kultur*, 730 (Oktober 2002), S. 80 – 85.

- Lucas Marco Gisi (Hg.), *Robert Walser Handbuch Leben-Werk-Wirkung*, Stuttgart: J. B. Metzler 2018.

- Friedrich Nietzsche, *Briefwechsel*, Kritische Gesamtausgabe III 7/1, Berlin: Walter de Gruyter 2003, S. 998.

- W. G. Sebald, »Le promeneur solitaire. Zur Erinnerung an Robert Walser«, in: *Logis in einem Landhaus*, München: Hanser 1998, S. 127 – 168, S. 156.

- Carl Seelig, *Wanderungen mit Robert Walser* (1957), Frankfurt am Main: Suhrkamp 1996, S. 49, 51, 166.

- Elke Siegel, *Aufträge aus dem Bleistiftgebiet. Zur Dichtung Robert Walsers*, Würzburg: Königshausen und Neumann 2000, S. 12.

- Robert Walser, »Der Spaziergang« (1917), in: *Robert Walser. Das Gesamtwerk III*, Frankfurt am Main: Suhrkamp 1978, S. 209 – 277.

- Robert Walser, *Der Räuber* (1925), Frankfurt am Main: Suhrkamp 2003, S. 173.

- Robert Walser, »Das Kind«, in: *Träumen. Prosa aus der Bieler Zeit 1913 – 1920*, Frankfurt am Main, Suhrkamp 1985.

- Peter Witschi（Hg.），»Robert Walser，Herisauer Jahre 1933 – 1956 «，Herisau：*Appenzeller Hefte* 2001（Ausstellungskatalog）

价值永存

- Ayana Archie und Ralph Ellis，»A quadrillion tons of diamond lie deep beneath the Earth's surface «，in：*CNN Style*，18. 7. 2018.
- Georgy A. Belyanin，Jan D. Kramers，Marco A. G. Andreoli et al.，»Petrography of the carbonaceous，diamond-bearing stone › Hypatia‹ from southwest Egypt：A contribution to the debate on its origin«，in：*Geochimica et Cosmochimica Acta* 223，15. 2. 2018，S. 462 – 492.
- Jay Bennett，»Incredible Hypatia Stone contains compounds not found in the Solar System«，in：*Popular Mechanics*，10. 1. 2018.

- University of Bristol，»Where does all Earth's gold come from? Precious metals the result of meteorite bombardment，rock analysis finds«，in：*Science Daily*，9. 9. 2011.
- A. Lucas und J. R. Harris，*Ancient Egyptian Materials and Industries*（1934），Mineola：Dover，2005.
- Thomas Mann，*Josef und seine Brüder* IV（1943），Frankfurt am Main：Fischer 1974，S. 750.
- Jan Wagner，*Gold*. Revue，Hörspiel mit Musik von Sven-Ingo Koch，München：Hörverlag 2018（2 CDs）.

忠心感谢埃及学家迪特里希·维尔东教授（Prof. Dr. Dietrich Wildung）及其夫人，慕尼黑埃及艺术国家博物馆馆长，西尔维亚·朔斯克博士（Dr. Sylvia Schoske）付出的时间。

穿越冰湖

- Andreas Bertram-Weiss，*Eisbrücke in die Vergangenheit-eine historische Untersuchung der Eisprozession*，Scherzingen，2013（Manuskript）.

- Luis Buñuel，*Mein letzter Seufzer*，Berlin：Alexander Verlag 2004.

- Werner Dobras，*Wie ist das Eis so heiß：Die Geschichte der Seegfrörnen von 875 bis heute*，Bergatreute：Eppe 2003.

- Kathrin Fromm，»Jahrhundertereignis Seegfrörne：Als die Massen übers Wasser gingen«，in：*Spiegel Online*，7. 2. 2013.

- Stefan Hilser，»Johannesbüste zurück in Münsterlingen«，in：*Südkurier*，9. 2. 2014.

- Dieter Hubatsch，*Über eisige Grenzen：Seegfrörne vor 50 Jahren*，Friedrichshafen：Robert Gessler 2012.

- Heidi Keller，»Tauchunfall：Tod von Pfarrer Demling schockiert Immenstaad«，in：*Südkurier*，2. 3. 2014.

感谢博登湖哈格格瑙乡土及历史协会第一主席鲁道夫·迪梅勒（Rudolf Dimmeler）先生，以及阿尔特瑙（瑞士）联合教区主任迪亚康·马蒂亚斯·洛雷坦（Diakon Matthias Loretan）提供的诸多指点及大量信息。

百科全书

- Jorge Luis Borges，»Die analytische Sprache von John Wilkins«，in：*Inquisitionen . Essays 1941 – 1952* ，Frankfurt am Main：Fischer 1992，S. 113 – 117.
- Geoff Dyer，*Zona* ，New York：Pantheon 2012，S. 29，52.
- Umberto Eco，*Das offene Kunstwerk* （1962），Frankfurt am Main：Suhrkamp 1977.
- Gustave Flaubert，*Madame Bovary* （1857），Zürich：Manesse 1994，S. 298.
- Gustave Flaubert，*Bouvard und Pécuchet* （1881），Zürich：Diogenes 1979.
- Michel Foucault，*Die Ordnung der Dinge* （1966），Frankfurt am Main：Suhrkamp 1994，S. 17.
- Eve Houghton，»Pass the Tortoise Shell«，in：*Times Literary Supplement* ，26. 9. 2018.
- William Shakespeare，Wie es euch gefällt （ca. 1599），in：*Shakespeare . Sämtliche Werke in vier Bänden* （Bd. 1），Berlin：Aufbau-Verlag 1994.
- Leonardo da Vinci，»Traktat über die Malerei«（posthum，1651），in：*Leonardo da Vinci . Schriften zur Malerei und sämtliche Gemälde* ，München：Schirmer/Mosel 2011.

这一章节的大量背景知识都归功于与慕尼黑大学汉学家汉斯・范埃斯（Prof. Dr. Hans van Ess）的热切交流。

共鸣箱

- Baldassare Castiglione，*Der Hofmann. Lebensart in der Renaissance* (1528)，Berlin：Wagenbach 2004，S. 38.
- Mona Fromm，»Zauber einer Stradivari«，in：*Handelsblatt*，23. – 25. 2. 2018，S. 38f.
- Ivan Hewitt，»The Ultimate Challenge«，in：*The Telegraph*，26. 10. 2005.
- Christopher Livesay，»In the Italian Alps, Stradivari's Trees live on«，in：*National Public Radio*，6. 12. 2014.

感谢伦敦交响乐团的尼古拉斯·塞尔曼（Nicolas Selman）与凯瑟琳·麦克道尔（Catherine McDowell）进行协调，请到了乔纳森·默德（Jonathan Moulds）接受更长时间的采访。此外还要感谢米夏埃尔·博德教授（Prof. Dr. Michael Bordt）、克里斯蒂安·盖哈海尔（Christian Gerhaher），还有最重要的塔雷克·阿图依（Tarek Atoui），与他们的谈话对这一章节十分有帮助。

房子，屋子，山洞

- Anita Albus，*Die Kunst der Künste. Erinnerungen an die Malerei*，Frankfurt am Main：Eichborn 2005.
- Anita Albus，*Im Licht der Finsternis. Über Proust*，Frankfurt am Main：Fischer 2011.
- Richard McDougall，*The Very Rich Hours of Adrienne Monnier*，

Simon & Schuster: New York 1976, S. 3, 30.

- Yuval Noah Harari, *Eine kurze Geschichte der Menschheit*. München, Pantheon 2015, S. 33.
- Harvey L. Jones (Hg.), *Intimate Appeal. The Figurative Art of Beatrice Wood*, Oakland: Oakland Museum (Los Angeles: The Craft and Folk Art Museum), Ausstellungskatalog 1990.
- Dorothea Tanning, *Birthday*, San Francisco: Lapis 1986.
- Dorothea Tanning, *Between Lives. An Artist and Her World*, New York: Norton 2001.
- Beatrice Wood, *I Shock Myself*, San Francisco: Chronicle Books 1992.

感谢阿妮塔·阿尔布斯（Anita Albus），亚历山大·克鲁格教授（Prof. Dr. Alexander Kluge），赫尔曼·帕青格教授（Prof. Dr. Hermann Parzinger），居尔森·德尔（Gülsen Döhr）女士。在1996年及2002年间，我曾前往纽约以及加利福尼亚拜访贝翠丝·伍德（Beatrice Wood）、多萝西娅·坦宁（Dorothea Tanning）、路易丝·布尔乔亚（Louise Bourgeois），这些经历我将永远铭记于心。

未完成

- Honoré de Balzac, *Das unbekannte Meisterwerk*, Frankfurt am Main: Fischer 1987, S. 109.
- Kelly Baum, Andrea Bayer und Sheena Wagstaff (Hg.), *Unfinished. Thoughts Left Visible*, New Haven: Yale University Press 2016

（Ausstellungskatalog, Met Breuer, NY).

- William Gaddis, »Die Faszination der Sprache: William Gaddis im Gespräch mit Emmanuelle Ertel«, in: Thomas Girst und Jan Wagner (Hg.), *Die Außenseite des Elementes* 8, Berlin und New York: NPAM 1999, S. 12.

- Johann Wolfgang von Goethe, *Faust* (1772 – 1882), München: C. H. Beck 1987, S. 359.

- Paul Ingendaay, »Träume aus der schwärzesten Dunkelheit«, in: *Frankfurter Allgemeine Zeitung*, 3. 7. 2004, S. 43

- Robert Musil, *Der Mann ohne Eigenschaften* (1930, 1933, 1943), Rowohlt: Hamburg 1990.

- Robert Musil, *Die Verwirrungen des Zöglings Törless* (1906), Hamburg: Rowohlt 1993, S. 7.

- Ulrich Raulff, *Mein ungeschriebenes Meisterwerk*, Köln: Maximilian-Gesellschaft 2012, o. S.

- Grant Shreve, »In Praise of Unfinished Novels«, in: *The Millions*, 21. 2. 2018.

- Francois Truffaut, *Mr. Hitchcock, wie haben Sie das gemacht?* (1966), München: Heyne 1997.

托马斯·哲斯特（Thomas Girst），生于 1971 年，曾在德国汉堡和美国纽约大学学习艺术史、美国研究和现代德语文学。博士学位论文为《艺术、文学和日裔美国人拘禁事件》（*Art, Literature , and the Japanese American Internment*）。1992 年至 2003 年，他与杨·瓦格纳共同出版活页文学选集《元素外侧》（*Die Außenseite des Elementes*）。在纽约时，他主要在哈佛大学史蒂芬·杰伊·古尔德（Stephen Jay Gould）领导期间担任了艺术科学研究实验室的研究部主任。哲斯特曾任《德国日报》通讯记者，2003 年起开始负责宝马集团国际文化事业，同时也是慕尼黑造型艺术学院荣誉教授。2016 年获得"欧洲年度文化总监"荣誉称号。著有《杜尚词典》（*The Duchamp Dictionary*）（2014）和《艺术世界的 100 个秘密》（*100 Secrets of the Art World*）（2016）。哲斯特目前生活在慕尼黑。

　　摄影：© Wolfgang Stahr

参考文献及资料出处　　　　　　　　　　　　　　　　　217

词汇表

原文	译文
36 Ansichten des Berges Fuji	《富岳三十六景》
A Portrait of the Artist as a Young Man	《一个青年艺术家的画像》
A Bibliography of Unfinished Books in the English Language	《英语未完成著作目录》
A Moveable Feast	《流动的盛宴》
Adalbert Stifter	阿达尔贝特·施蒂弗特
Alain de Botton	阿兰·德波顿
Albert Einstein	阿尔伯特·爱因斯坦
Albert R. Corns	艾伯特·R. 科恩斯
Albrecht Dürer	阿尔布雷特·丢勒
Aldabra-Riesenschildkröte	亚达伯拉象龟
Alexander der Große	亚历山大大帝
Alexander Kluge	亚历山大·克鲁格
Alexina Sattler	亚历克西纳·塞特勒
Alfred H. Barr, Jr.	小阿尔弗雷德·H. 巴尔
Alfred Hitchcock	阿尔弗雷德·希区柯克
Alfred Stieglitz	阿尔弗雷德·斯蒂格里茨
Alphabet	字母表／字母控股

Ambrosia Plasma	仙果血浆公司
André Breton	安德烈·布勒东
Andre Malraux	安德列·马尔罗
Andrew White	安德鲁·怀特
Andrew Wiles	安德鲁·怀尔斯
Andy Warhol	安迪·沃霍尔
Angela Duckworth	安杰拉·达克沃斯
Angelika Wegener	安格利卡·韦格纳
Anita Albus	阿妮塔·阿尔布斯
Anne Thackeray	安妮·萨克雷
Apelles	阿佩利斯
Appenzell	阿彭策尔州
Archibald Sparke	阿齐博尔德·斯帕克
Arles	阿尔勒
Armand Bartos	阿芒德·巴托斯
art brut	原生艺术
Asterix bei den Briten	《阿斯泰利克斯在英国》①
Auf der Suche nach der verlorenen Zeit	《追忆似水年华》②
Baldassare Castiglione	巴尔德萨·卡斯蒂利奥内
Baron Feversham of Duncombe Park	费弗舍姆男爵
Beatrice Wood	贝翠丝·伍德

---

① 原书译自 Astérix chez les Bretons（法语）
② 原书译自 À la recherche du temps perdu（法语）

Benedict XVI	本笃十六世
Bernhard Echte	伯恩哈德·埃希特
Bernhard Riemann	波恩哈德·黎曼
BiFi Roll	BiFi 猪肉香肠零食
Bitburger Pils	碧特博格啤酒
Björk	比约克
Bleu d'Auvergne	奥弗涅蓝纹奶酪
Blumen des Bösen	《恶之花》①
Bob Dylan	鲍勃·迪伦
Bode	博德河
Bodensee	博登湖
Bogomir Ecker	博戈米尔·埃克
Book of Kells	《凯尔经》
Botho Strauß	博托·施特劳斯
Botho Strauß	博托·施特劳斯
Boulevard Haussmann	奥斯曼大道
Bouvard und Pécuchet	《布瓦尔和佩库歇》②
Bozen	博岑
Brandenburg	布兰登堡
Brian Eno	布赖恩·伊诺
Brisbane	布里斯班
Broadway	百老汇
Brummer Gallery	布鲁默画廊

---

① 原书译自 *Les Fleurs du mal*（法语）
② 原书译自 *Bouvard et Pécuchet*（法语）

Buckminster Fuller	巴克敏斯特·富勒
Burchardi-Kirche	圣布尔赫德教堂
Burchardi-Konvent	圣布尔赫德修道院
California Life Company	加州生命公司
Camera Work	《相机作品》
Cape Canaveral	卡纳维拉尔角
Carl Sagan	卡尔·萨根
Carl Seelig	卡尔·塞利希
Carlo Ginzburg	卡洛·金斯堡
Castiglione	郎世宁
Céleste Albaret	塞莱斯特·阿尔巴雷特
Celestial Emporium of Benevolent Knowledge	《天朝仁学广览》
Center for Humane Technology	人道科技中心
Cestius-Pyramide	切斯提亚金字塔
Chaconne	《恰空》
Charles Baudelaire	夏尔·波德莱尔
Charles Dickens	查尔斯·狄更斯
Charlottenburg	夏洛滕堡
Chichén Itzá	奇琴伊察
Chiemgau	基姆区
Christine Daae	克莉丝汀·戴伊
Clark Gable	克拉克·盖博
Claude Monet	克劳德·莫奈
Clay Mathematics Institute	克雷数学研究所
Con Edison	爱迪生联合电气

Congrès International des mathématiciens	国际数学家大会
Constantin Brancusi	康斯坦丁·布朗库西
Damocles	达摩克利斯
Daniel Barenboim	丹尼尔·巴伦博伊姆
Daniel Kahnemann	丹尼尔·卡尼曼
Daniel Kehlmann	丹尼尔·科尔曼
Danny Hillis	丹尼·希利斯
Dante Alighieri	但丁·阿利吉耶里
Das Harr	《头发》①
Das Svalbard Global Seed Vault	斯瓦尔巴全球种子库
Das unbekannte Meisterwerk	《不为人知的杰作》②
David Bowie	大卫·鲍伊
David Foster Wallace	大卫·福斯特·华莱士
David Hilbert	大卫·希尔伯特
De Bello Gallico	《高卢战记》
Delacroix	德拉克罗瓦
Denis Diderot	德尼·狄德罗
Der junge Mann	《年轻人》
Der Mann ohne Eigenschaften	《没有个性的人》
Der Räuber	《强盗》
Der Zauberberg	《魔山》

---

① 原文译自 *La Chevelure*（法语）
② 原书译自 *Le Chef-d'œuvre inconnu*（法语）或 *The Unknown Masterpiece*（英语）

Detail 612464 –638092	《细节 612464—638092》
Dictionnaire philosophique	《哲学辞典》
Die absolute Landschaft	《绝对风景》
die Alte Pinakothek	老绘画陈列馆
Die Entdeckung der Langsamkeit	《发现缓慢》
Die fröhliche Wissenschaft	《快乐的科学》
Die Verwirrungen des Zöglings Törless	《学生托乐思的迷惘》
Dietrich Wildung	迪特里希·维尔东
Digital Detox	数字戒毒
Dinner	正餐餐厅
Diogenes	第欧根尼
Discours de la Méthode	《谈谈方法》
Dodendorf	多登道夫
Dorothea Tanning	多萝西娅·坦宁
Dr. Paul Arnheim	保罗·阿恩海姆博士
Dyveke Sanne	迪维克·桑尼
Edgar A. Levy	埃德加·A. 利维
Edgar Allan Poe	埃德加·爱伦·坡
Elephant Island	象岛
Elias Canetti	埃利亚斯·卡内蒂
Eloi	埃洛伊人 ①
Emile Roux-Parassac	埃米勒·帕拉萨克

---

① 原书译自 the Elois（英语）

万 物 有 时

Galileo Galilei	伽利略·伽利雷
Gegeben sei：1. Der Wasserfall，2．Das Leuchtgas	《给予：1. 瀑布 / 2. 燃烧的气体》
Genizah	葬书
Geochimica et Cosmochimica Acta	《地球化学与宇宙化学学报》
Georges Belmont	乔治·贝尔蒙
Gertrude Stein	格特鲁德·斯坦
Gidon Kremer	吉顿·克莱默
Gisela Schmitz	吉塞拉·施米茨
Gottfried Benn	戈特弗里德·贝恩
Gottfried Wilhelm Leibniz	戈特弗里德·威廉·莱布尼茨
Goya	戈雅
Gregory Bateson	格雷戈里·贝特森
Grigori Jakowlewitsch Perelman	格里戈里·雅科夫列维奇·佩雷尔曼
GRIT：The Power of Passion and Perseverance	《坚毅：释放激情与坚持的力量》
Guggenheim Museum	古根海姆博物馆
Guido Hess	吉多·赫斯
Gustave Flaubert	居斯塔夫·福楼拜
Guy de Maupassant	居伊·德·莫泊桑
Guy Debord	居伊·德波
H．G．Wells	H．G．威尔斯
Hagnau	哈格瑙
Halberstadt	哈尔伯施塔特
Halle	哈勒

Hamburger Kunsthalle	汉堡艺术馆
Hannah Wilke	汉娜·威尔克
Hans van Ess	叶翰
HARIBO	哈瑞宝
Hartmut Rosa	哈特穆特·罗萨
Harvard Business Manager	《哈佛商业经理》
HarzElbeExpress	哈尔茨易北河特快列车
Hauterives	欧特里沃
He Do the Police in Different Voices	《他能用各种语调模仿警察》①
Heinrich Maas	海因里希·马斯
Helmut Schmidt	赫尔穆特·施密特
Henri Matisse	亨利·马蒂斯
Henri Poincaré	亨利·庞加莱
Henri-Pierre Roché	昂利-皮埃尔·罗歇
Henry James	亨利·詹姆斯
Herisau	黑里绍
Herman Melville	赫尔曼·梅尔维尔
Heston Blumenthal	赫斯顿·布卢门撒尔
Hinter dem Richthause	法院路
Holtemme	霍尔特默河
Homo Deus：A Brief History of Tomorrow	《未来简史：从智人到智神》
Honoré de Balzac	奥诺雷·德·巴尔扎克
Hyde Park	海德公园

---

① 《荒原》原名，引用自狄更斯小说《我们共同的朋友》

Hypatia	希帕蒂亚
Ice Trade Journal	《冰块贸易期刊》
Igor Strawinsky	伊戈尔·斯特拉文斯基
Il Libro del Cortegiano	《廷臣论》
Indus-Schrift	印度河文字／印章文字
International Time Capsule Society	国际时间胶囊协会
Invisible Man	《隐形人》
Ipi	伊皮
Isaac Newton	艾萨克·牛顿
Iwan Gontscharow	伊万·冈察洛夫
Jacques Rivette	雅克·里维特
James Joyce	詹姆斯·乔伊斯
Jan Wagner	杨·瓦格纳
Jane Austen	简·奥斯汀
Jaron Lanier	杰伦·拉尼尔
Jean le Rond d'Alembert	让·勒朗·达朗贝尔
Jean Tinguely	让·丁格利
Jean-François Champillon	让-弗朗索瓦·商博良
Jean-Paul Sartre	让-保罗·萨特
Jeanne Calment	让娜·卡尔芒
Jeff Bezos	杰夫·贝索斯
Jeff Bezos	杰夫·贝索斯
Jeff Koons	杰夫·昆斯
Jem Finer	杰姆·费纳尔
Jerusalemer Israelmuseum	耶路撒冷以色列博物馆
Jim Morrison	吉姆·莫里森

Jimi Hendrix	吉米·亨德里克斯
Jochen Schmidt	约亨·施密特
Johann Sebastian Bach	约翰·塞巴斯蒂安·巴赫
Johann Thal	约翰·塔尔
Johannes Kepler	约翰尼斯·开普勒
John Cage	约翰·凯奇
Jonathan	乔纳森
Jonathan Moulds	乔纳森·默德
Jorge Luis Borges	豪尔赫·路易斯·博尔赫斯
Joris Hoefnagel	约瑞斯·霍芬吉尔
Joseph Kosuth	约瑟夫·科苏斯
Judäische Wüste	古犹太沙漠
Julien Levy	朱利安·利维
Juri Burago	尤里·布拉戈
Kamasutra	《爱经》
Karl Valentin	卡尔·瓦伦丁
Karl Valentin	卡尔·瓦伦汀
Kaufbeuren	考夫博伊伦
Kolumbus	哥伦布
Kreta	克里特岛①
Kritik der reinen Vernunft	《纯粹理性批判》
La lentuer	《慢》
Laura Ingalls Wilder	劳拉·英格尔斯·怀德
Le dictionnaire des idées reçues	《庸见词典》

---

① 原书译自 Κρήτη（希腊语）或 Crete（英语）

Le Droit à la paresse	《懒惰权》
Le Facteur Cheval	《邮差薛瓦勒》
Le Havre	勒阿弗尔
Le sacre du printemps	《春之祭》
Les Phares	《灯塔》
Lewis Mumford	刘易斯·芒福德
Lockenhaus	洛肯豪斯
Long Now Foundation	今日永存基金会
longevity entrepreneurs	长生企业家
Longplayer	《长久播放》
Louise Bourgeois	路易丝·布尔乔亚
Louise Dupin	路易丝·迪潘
Love's Labour's Lost	《爱的徒劳》
Lovers：The Great Wall	《恋人：长城漫步》
Luis Buñuel	路易斯·布努艾尔
Macintosh	麦金塔电脑
Magdeburg	马格德堡
Maker's Movement	创客运动
Man Ray	曼雷
Mandarin Oriental	文华东方酒店
Marcel Duchamp	马塞尔·杜尚
Marcel Proust	马塞尔·普鲁斯特
Marcello Mazzucchi	马塞洛·马祖基
Marco Polo	马可·波罗
Margit	玛吉特
Maria Martins	玛丽亚·马丁斯

Marie Monnier	玛丽·莫尼耶
Marina Abramović	玛丽娜·阿布拉莫维奇
Marissa Mayers	玛丽莎·梅耶尔
Mark Rothko	马克·罗斯科
Mark Twain	马克·吐温
Mark Zuckerberg	马克·扎克伯格
Marshall McLuhan	马歇尔·麦克卢汉
Martin Luther	马丁·路德
Martin Ryle	马丁·赖尔
Mary Reynolds	玛丽·雷诺兹
Matthias Loretan	马蒂亚斯·洛雷坦
Maurice Maeterlinck	莫里斯·梅特林克
Max Ernst	马克斯·恩斯特
Meaning in the Visual Arts	《视觉艺术的含义》
Metropolitan Museum of Art	大都会艺术博物馆
Michael Ende	米夏埃尔·恩德
Michael Ruetz	米夏埃尔·吕茨
Michel Foucault	米歇尔·福柯
Michelangelo	米开朗基罗
Michigan State University	密歇根州立大学
Milan Kundera	米兰·昆德拉
Momo	《毛毛》
Monsieux Proust	《普鲁斯特先生》
Morlocken	莫洛克人①

---

① 原书译自 the Morlocks（英语）

Münsterlingen	明斯特林根
Musée Carnavalet	卡纳瓦雷博物馆
Museum Kunstpalast	艺术宫博物馆
Nachsommer	《晚来的夏日》
Nathaniel Hawthorne	纳撒尼尔·霍桑
Nautilus	鹦鹉螺号
Nemo	尼摩
New York Times	《纽约时报》
New Yorker	《纽约客》
Nickey Nuke	核米奇
Nicola Benedetti	尼古拉·贝纳德蒂
Niki de Saint Phalle	妮基·桑法勒
Nikolai Gogol	尼古莱·果戈理
Norddeich Mole	诺德代希码头
Novosibirsk	新西伯利亚
Odo Marquardt	奥多·马夸特
Oglethorpe University	奥格尔索普大学
Ojai	奥海
Olaf Nicolai	奥拉夫·尼古拉
On Kawara	河原温
One Million Years-Future	《一百万年——未来》
One Million Years-Past	《一百万年——过去》
Operating Manual for Spaceship Earth	《地球号太空船操作手册》
ORGAN^2 / ASLSP	《管风琴 2：越慢越好》
Oscar Wilde	奥斯卡·王尔德
Oschersleben	奥舍斯莱本

Osiris	奥西里斯
Pablo Picasso	巴勃罗·毕加索
Pajuheru	帕朱赫鲁
Palais idéal	理想宫
Paul Lafargue	保尔·拉法格
Paul Valéry	保尔·瓦雷里
Peggy Guggenheim	佩姬·古根海姆
Peter Schwarz	彼得·施瓦茨
Peter Thiel	彼得·蒂尔
Phaistos Disc	费斯托斯圆盘
Philadelphia Museum of Art	费城艺术博物馆
Pienza	皮恩扎
Pierre de Fermat	皮埃尔·德·费马
Planet der Affen	《人猿星球》①
Poetengang	诗人路
Poincaré-Vermutung	庞加莱猜想
Potsdam	波茨坦
power lunch	工作午餐会
Protogenes	普罗托格尼斯
Pthames / Ptahmes	塔米斯
Pulitzer World Building	普利策大厦
Qumranhöhle	库姆兰洞穴
Rabindranath Tagore	拉宾德拉纳特·泰戈尔
Rachel Sussman	蕾切尔·萨斯曼

---

① 原书译自 Planet of the Apes（英语）

Ralph Ellison	拉尔夫·埃利森
Raskolnikow	拉斯科尔尼科夫
Rasumichin	拉祖米欣
Ratzinger Höhe	拉辛格山
Reed College	里德学院
Refrigerating World	《制冰世界》
Renate Born	雷娜特·博恩
René Descartes	勒内·笛卡尔
René Goscinny	勒内·戈西尼
Reparatur：Anstiftung zum Denken und Machen	《修复：对思考与实践的号召》
Richard Clifford	理查德·克利福德
Richard David Precht	理查德·大卫·普莱希特
Richard Sennett	理查德·桑内特
Richard Taylor	理查·泰勒
Richard Wagner	理查德·瓦格纳
Rimsting	里姆斯廷格镇
Robert Gober	罗伯特·戈伯
Robert Lebel	罗伯特·勒贝尔
Robert Musil	罗伯特·穆齐尔
Robert Proust	罗伯特·普鲁斯特
Robert Walser	罗伯特·瓦尔泽
Rodin	罗丹
Roman Opalka	罗曼·欧帕卡
Rongorongo	朗格朗格
Rosenbergs	玫瑰山

Rubens	鲁本斯
Saale	萨勒
Sachsen-Anhalt	萨克森-安哈尔特州
Sankt Remigius	圣雷米吉乌斯
Schlüsselreiz	生物刺激
Schmettow	施梅托
Schmidt liest Proust	《施密特读普鲁斯特》
Schwabing	施瓦宾
Selbstbildnis im Pelzrock	《皮装自画像》
Sergei Djagilew	谢尔盖·佳吉列夫
Shane Bergin	谢恩·伯金
Sheika Al-Mayasa bint Hamad bin Khalifa Al Thani	谢赫·阿尔·玛雅莎·宾特·哈马德·本·哈利法·阿勒萨尼①
Sierra Diablo Mountains	代阿布洛山脉
Silke Langenberg	西尔克·朗根贝格
Sisyphos	西西弗斯
Slow Management	慢管理
Slow Movement	慢节奏运动
Song of Myself	《自我之歌》/《自己之歌》
Spitzbergen	斯匹次卑尔根岛
St. Gallen	圣加仑
Steinplatz	施泰因广场
Steklow-Institut	斯捷克洛夫研究所

———————

① 即卡塔尔公主玛雅莎

Sten Nadolny	施滕·纳多尔尼
Steve Jobs	史蒂夫·乔布斯
Steward Brand	斯图尔特·布兰德
straight photography	如实摄影①
Survival of the Busiest	忙者生存
Susan Ertz	苏珊·厄兹
Susan Sontag	苏珊·桑塔格
T. S. Eliot	T. S. 艾略特
Tarek Atoui	塔雷克·阿图依
Terasem	特雷塞
Teresa of Ávila	圣女大德兰
The Art of Fiction	《小说的艺术》
The Art of the Long View：Planning for the Future in an Uncertain World	《前瞻的艺术：不确定世界中的未来规划》
The Cells	《细胞》
The Museum of Modern Art	纽约现代艺术博物馆
The Oldest Living Things in the World	《世界上最老最老的生命》
The Raven	《乌鸦》
The Sound of Earth	《地球之声》
The Story of Elizabeth	《伊丽莎白的故事》
The Theory of the Leisure Class	《有闲阶级论》
The Uses of Disorder：Personal Identity and City Life	《混乱的运用：个人身份与城市生活》
The Wasteland	《荒原》

_____

① 又译纪实摄影 / 直接摄影 / 写实摄影

Unity Biotechnology	联合生物技术公司
University College Dublin	都柏林大学
University of Queensland	昆士兰大学
Val d'Orcia	奥尔恰谷
Valencia	瓦伦西亚
van Gogh	梵·高
Virginie Despentes	维吉妮·德庞特
Vladimir Nabokov	弗拉基米尔·纳博科夫
Voltaire	伏尔泰
W. G. Sebald	W. G. 塞巴尔德
Wachtenegg	瓦赫滕艾格峰
Wall Street Journal	《华尔街日报》
Walt Whitman	沃尔特·惠特曼
Walter Benjamin	瓦尔特·本雅明
Walter Schiffer	瓦尔特·席费尔
Walter Speck	瓦尔特·施佩克
Waste Isolation Pilot Plant	废料隔离试验项目
Werner Morlang	维尔纳·莫朗
West-östlicher Divan	《西东合集》
What is a City?	《城市是什么?》
Wie man sich Zeit nimmt	《优哉游哉》①
Wie Proust Ihr Leben verändern kann	《拥抱逝水年华》②
William Gaddis	威廉·加迪斯

---

① 原书译自 How to take your time（英语）
② 原书译自 How Proust Can Change Your Life（英语）

William James Beal	威廉·詹姆斯·比尔
Willy Brandt	维利·勃兰特
Winterreise	《冬之旅》
Wolfgang Demling	沃尔夫冈·德姆林
Wolfgang Koeppen	沃尔夫冈·科本
Zeitmaschine	《时间机器》①
Zenon von Elea	芝诺
Ziggy Stardust	齐格·星尘
Zisterzienserkloster	熙笃会修道院

---

① 原书译自 The Time Machine（英语）

图书在版编目（CIP）数据

万物有时／（德）托马斯·哲斯特著，寇潇月译. —上海：上海三联书店，2023.5
ISBN 978－7－5426－7978－9

Ⅰ．①万… Ⅱ．①托…②寇… Ⅲ．①散文集－德国－现代 Ⅳ．①I516.65

中国版本图书馆 CIP 数据核字（2022）第 235602 号

Title of the original German edition：
Author：Thomas Girst
Title：Alle Zeit der Welt
ⓒ 2019 Carl Hanser Verlag GmbH & Co. KG，München
Chinese language edition arranged through HERCULES
Business & Culture GmbH，Germany

万物有时

著　者／［德］托马斯·哲斯特（Thomas Girst）
译　者／寇潇月
策 划 人／曹　丹
责任编辑／吴　慧　钱凌笛
装帧设计／人马艺术设计·储平
监　制／姚　军
责任校对／王凌霄
特别鸣谢／路易十三（LOUIS XIII）

出版发行／上海三联书店
　　　　　（200030）中国上海市漕溪北路 331 号 A 座 6 楼
邮　箱／sdxsanlian@sina.com
邮购电话／021－22895540
印　刷／上海展强印刷有限公司

版　次／2023 年 5 月第 1 版
印　次／2023 年 5 月第 1 次印刷
开　本／787 mm×1092 mm　1/32
字　数／110 千字
印　张／7.75
书　号／ISBN 978－7－5426－7978－9/I·1799
定　价／52.00 元

敬启读者，如发现本书有印装质量问题，请与印刷厂联系 021－66366565